まど・みちおという詩人の正体

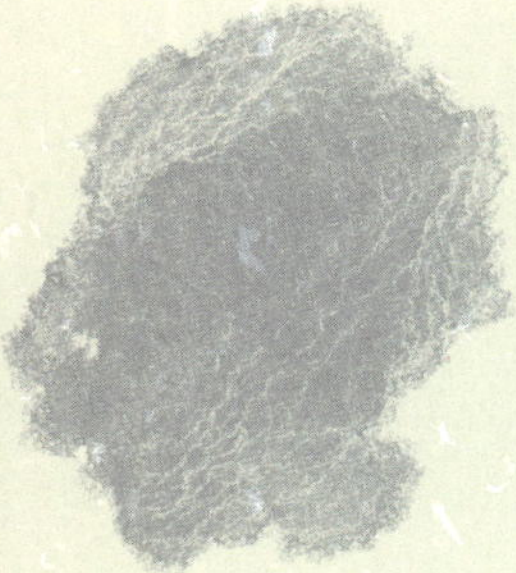

大橋政人
Oohasi Masahito

未來社

序詩

ある日のまどさん

——まど・みちおさんを偲んで

答えを
期待していない問いが
朝の空に
プカプカ浮いている

問いの力は
かなり強く
だんだん激しくなっていくのに
答えを期待していないから

気楽なもんだ

あっちへ行ったり
こっちへ来たり

丸くなったり
長くなったり

答えから離れてしまったら
問いは自立できない

問いは問い自身を失い
答えは答え自身を失う

問うているのか
唱えているのか

問いの言葉が
ある朝
そのままそっくり
賛嘆の言葉に変わっているのに
自分でビックリしたりしている

まどさんへの質問

ゾウさんが
ゆったりゆったり
歩いている

テレビの中のことだが
背中に人を乗せ
右足を重そうに上げ
左足を重そうに上げ

ゾウさんの
大きな影の中を
白いネコが二、三匹
ピョンピョン跳ねながらついて行く

白いネコは
カラダもない
くらいの身軽さなのだが
ゾウさんの右足は重いのだろうか
ゾウさんの左足は重いのだろうか

まど・みちおさんとは
電話で一度話しただけで
結局、一度も会えなかった

ゾウさんは

自分のカラダが重いのだろうか
重いのを悲しんでいるのだろうか

まどさんと二人
タバコでも吹かしながら
(まどさんは禁煙したのだろうか)
そんな話をしてみたかった

ゾウさん
ゾウさんの
まどさんへの質問

「ふたあつ」

まどさんの
「ふたあつ」という詩を読むと
少し怖くなる
「おめめが、一、二
　ふたつでしょ。」
まどさんが
子どもの言葉で
そう書くと
（なんで目は

（二つでなければならなかったのか
まどさんの問い詰める
うなり声まで聞こえるようで
怖くなる
「おみみも、ほら、ね、
　ふたつでしょ。」
「おてても、一、二、
　ふたつでしょ。」
「あんよも、ほら、ね、
　ふたつでしょ。」
「ほら、ね、」
を繰り返しながら
まどさんは
ニンゲンの顔やカラダを
点検していく
つくづく見る人でなければ

「ふたあつ」に注目したりしない
どんな小さな子でも
わかっても
わからなくても
自分自身の大きな問いを
まどさんは投げかけるだけだ
子どもの言葉で
あたりかまわず

（注）カッコ内は、まど・みちおさんの詩「ふたあつ」から引用。

まど・みちおという詩人の正体◇目次

序　詩

第一部　まどさんの形而上詩を読んでみる

第二部　アンイマジナブルということ

まど・みちおという詩人の正体

装幀――岸顯樹郎

第一部　まどさんの形而上詩を読んでみる

まどさんが、まどさんしている――まど・みちお詩画集『とおいところ』を読む

（初出　「ガーネット」42号、二〇〇四年三月）

昨年の暮れ、まど・みちおさんから『とおいところ』（新潮社）という詩画集をいただいた。今回は新潮社から直接送られてきたので、まどさんの例の、少し震えたような独特の自筆を見られなかったのは残念だったが、私にとっては暮れなのに、盆と正月がいっしょに来たような喜びだった。お陰で、心の中までホクホク暖かくなり、ほんの少しだが明るい希望を持って新年を迎えることができた。

*

まどさんが絵も描く人とは、私はまったく知らなかった。それも無理もない。本書巻末の「編集付記」によると「まどさんが描き続けていた抽象画の存在を知る人は、ごく限られた近

しい人だけだった。寿美夫人でさえすべての絵を見たことはなかったという」とのことだ。

そして、その画業が一般に知られるようになったのは、わずか十年ほど前。「『まど・みちお全詩集』の編集者である伊藤英治氏の手によって、背広の箱の中に積み重ねられていた一三〇点あまりの抽象画のみならず、煙草の箱の裏に描かれていたカットやスケッチノートに至るまで、二五〇点以上にも及ぶ作品が収集整理されたことによる」(「編集付記」)という。今回の詩画集『とおいところ』にはそのうち八〇点の抽象画が収録されている。そのほか、約四十年間使われていた、まどさんの「スケッチノート」の一部も紹介されている。

なお、まどさんの絵のほとんどは山口県周南市の周南市美術博物館に寄贈されているということだ。

*

さて、その、まどさんの絵であるが、まず驚いたのは複雑な色づかいと実に精緻を極めた筆つかいである。筆つかいと言っても、普通の筆でなく、いろいろな用具を使っているようだ。前出の「編集付記」によると「画面をボールペンで塗りつぶしたり、いったん塗りこんだクレヨンをこすったり、その一部を針のようなもので削り取り、そこに再び色を加えていくなど、何層にも繰り返される手順の中で出来上がっていく画面は、実に複雑で奥深く、画材や画法の確定には現在もなお迷うものがある。まどさん本人ももはや思い出せないというが、画材は身近なものばかりであったことは確かなようだ」とある。技法も、まどさんの中から自然とわき出てきたものであるようだ。

余談だが、私の住む群馬県には蠟画という技法を創案した豊田一男という画家（詩も書いた）がいた。クレヨンを塗った上に蠟をかけ、それを釘でひっかき、さらにそこに墨を塗り込むという技法だったが、最初にまどさんの絵を見た印象はその蠟画を思わせるものだった。

＊

絵柄は軽く、明るいタッチのものもあるが、多くは同系色の色を何色も塗り込んだ複雑で気の遠くなるような精緻なものだ。宇宙の動きを表しているようなものもあれば、海底の奥底を描いたようなものもある。なんだか生物の細胞を顕微鏡で見たような感じのものもある。

本書の巻末には何人かの人が解説の文章を書いているが、そのうちの一人、阪田寛夫氏はお描きになった画の中に、現在電子顕微鏡（？）で見ることができるらしい脳神経の細胞の拡大写真に似ている太い柱状のものを幾通りか見つけました。(中略) つまりまどさんは当時一般の人が見ることも想像することもできない微細な世界の現象を、そんな意識は全くなしに、夢中でぎしぎし塗りつぶすうちに造型されたことになります。

と書いている。確かに私が見ても、そんな感じのする絵もあった。私が見たところ、まどさんの絵には立体感も遠近感もなく、そのくせ訳のわからないものが動いている実感がある。これは、なんなのだろうと思わざるを得ない。

阪田氏は同じ解説文の別の箇所で

まどさんは自然科学者であることをわすれちゃいけません。(中略) まどさんは、日本が台湾を統括していた時代に、台北の工業学校の土木科をお世辞ではなく優等の成績で卒業されました。その証拠に学校からのスイセンで日本政府による台湾の行政機関だった台湾総督府道路港湾課に就職なさったのでした。まどさんは測量の実習とその器械が大好きで、校外での実習がすむと、レンズを昼のお月さんに向けていつまでも眺め入っておられました。

と書いている。剣が強いからと言って絵がうまいわけではない。詩が書けるからと言って絵が描けるわけでもない。こんなところにも、まどさんが絵に、それも抽象画に向かうようになった要因があるのかもしれない。

まどさんの絵の印象について別の解説者である谷川俊太郎氏は次のように書いている。

画面の外にまで、またその奥にまで余白なく塗りつぶされた画面から私が感じるものは、時の始まる前からこの宇宙を満たし、絶え間なく活動している目に見えないエネルギーだ。そのエネルギーが物質を生み、私たち人間をも生んだのだとすれば、それは私たちのからだの内部をいまもめぐっていると考えていいだろう。まどさんの絵はそこから生まれる。

私たちが見聞きしてきたまどさんの簡明な詩句の背後に、こんなにも大きな、そして複層した空間があった。考えれば当然過ぎるくらい当然なことなのだが、まどさんの絵はそのことを圧倒的な迫力で私に見せつけてくる。

＊

詩画集（正式な本のタイトルは「まど・みちお画集『とおいところ』）だけあって、詩も二十篇ほど収録されている。書き下ろしという訳でなく、過去の詩集の中から編集者が選んだものらしい。

見開きの左側に絵があって右側に短い詩があったり、見開き全部が詩だったりしている。私が初めて見る詩もあれば、以前に読んだ詩もあるが、絵を見た後だけに詩が少し違って見えてきた。まどさんの詩が、ただの予定調和的な人生の賛美歌でないこと、その世界が尋常一様ではないことには以前から注目し続けてきたが、絵といっしょに読むことで、その思いが一層強くなった。まどさんの絵はまどさんの詩に何を教えてくれるのだろう。

本書の六〇ページに次のような短い詩があった。この詩は私が初めて読むものだった。びっくりした。まどさんの独特なものの見方をこれほど明確に示している詩は、ほかにないだろう。

アリ

アリは
あんまり　小さいので
からだは　ないように見える

いのちだけが　はだかで
きらきらと
はたらいているように見える

ほんの　そっとでも
さわったら
火花が　とびちりそうに…

どんな小さな虫にも命があって、命はとても大切で——というような軽薄な文脈で読むべき詩ではないのだ。要は「個体」とは何かという問題である。まどさんは、とにかく動物や植物や全てのものをよく見る人である。よく見ていくと、「からだ」があるのか「いのち」があるのか、その区別がよくわからないという光景が出現してくる。その光景の激しさをこの詩はうたっているのである。それは言葉で説明しようもない事柄だ。まどさんにしても「さわったら／火花が　とびちりそうに…」とでも言うほかない出来事なのだ。

もう一人、別の解説者である河合隼雄氏は、この詩についてではないが次のように書いている。

スケッチの場合はともかく、いやそのときでさえ、まどさんはわれわれが普通にする「写生」など出来ないのではなかろうか。虫一匹でも「虫だけ」を見ることなどはできない。虫を生んだ虫、虫を踏み潰そうとしているもの、虫が食べた葉っぱ、虫を支えているゴミ、これらすべてがつながりをもって見えてくる。「個体」なんていうものはないのだ。それを絵にするならば、どうしても抽象にならざるを得ないのではないか。

本当のところからすると「抽象」も「具象」もないかもしれないので、「どうしても抽象にならざるを得ないのではないか」の部分は少々疑問が残るが、それにしてもこの文章は別の角度からまどさんの独特な見方を実に正確に解説しているように思える。

私の説明を大乗仏教の祖と言われるナーガールジュナ（龍樹）の「往く人」と「往くこと」の分析に似ていると言ってみるなら、河合氏のは同じく大乗仏教の頂点と言われる『華厳経』の世界観に似ていると言えよう。

*

もう一人、別の解説者である神沢利子氏の「生命記憶の海から」という文章の中には、まどさんの「あかちゃん」という詩が引用されていた。この詩も初めてで、びっくりした。詩画集の書評で、絵を見ないで詩ばかり読んでしまうのもどうかと思うが、絵はあまりわからない私としては、こういう詩を見ると絵よりやっぱり詩の方が力強いのではないか——などと考えてしまう。

あかちゃん

あかちゃんが
しんぶん　やぶっている
べりっ　べりっ
べりべり

あかちゃんが
しんぶん　やぶっている
べりっ　べりっ

べりべり

あかちゃんが
しんぶん　やぶっている
べりっ　べりっ
べりべり

かみさまが
かみさま　している
べりっ　べりっ
べりべり

この詩も、無邪気にいたずらをしている赤ちゃんのかわいさという文脈で見てしまっては身もフタもない。前出の「アリ」同様、この詩では「あかちゃん」が「いのちだけが　はだかで／きらきらと／はたらいている」のだ。すでに「からだは　ないように見える」のだから、いのちそのものだから、「あかちゃん」と「かみさま」と「いのち」の区別が消えてしまっているのだ。そのとき、まどさんは「あかちゃん」が「あかちゃん　している」のを見ながら、確かに「かみさま」が「かみさま　している」光景をみたのだ。こんな単純な構成で、こんな大きなことを言えるのだから、詩の技術なんてものもタカが知れているという私的な感想もある。

この辺の呼吸は実に微妙で説明しにくいのだが、片方に「かみさま」、片方に「あかちゃん」を置いて、両者の関係を図式的に見ていたのでは到底届かない。これも一つの光景なのである。無邪気に新聞を破っている赤ちゃんの姿から神サマを思ったというのではない。まどさんの直感のなかでは「あかちゃん」が「あかちゃん」のままで、そっくり「かみさま」なのである。「からだ」がないところから見れば、まどさんの見ているとおりなのだ。現実がそのまま超現実になっている図だとも言える。それが私の言う「光景」ということである。

余談だが、ドイツの十三世紀の神学者であるマイスター・エックハルトに「神が私を見る目は、私が神を見る目と同じである」という言葉があるそうだ。このエックハルトの言葉はイメージ不可能であり、その意味では具象画でも抽象画でもない。まどさんの中の「あかちゃん」と「かみさま」の関係もこれとまったく同じで、図式化を拒んでいると言える。

＊

今回の詩画集には、このほか「リンゴ」という詩と「人ではない！」という二つの不思議な詩があった。前者については本誌40号の拙稿「詩誌やら何やら読んだり読まなかったり」で紹介しているので割愛して、くどいようだが後者の詩を提示してまどさんの本質にもう一歩踏み込んでみたい。

人ではない！

持っている手をはなすと　コップは落ちる
そうして教えてくれるのは　人ではない

落ちたコップは　いくつかに割れる
そうして教えてくれるのは　人ではない

コップの中の水は　とびちる
そうして教えてくれるのは　人ではない

とびちった水は　やがて蒸発する
そうして教えてくれるのは　人ではない

この世のはじめから　そうしていちいち
教え続けているのは　人ではない

ああ　人ではない！　つきない不思議を
えいえんに　教え続けてくれるのは

「人ではない」から「神サマ」だと読んだのでは、これもまた身もフタもない。この詩のポイントは、その「神サマ」が人間のカラダの中、人間の感覚の中に生きているということだ。そういう生きた「神サマ」をまどさんははっきり見ている。見ているのでなく、自分の中に働いていることを感じ続けているのだ。それが単なる神秘めいた詩を書く詩人とまどさんを隔てている大きな違いである。詩人であるまどさんが絵も描く、それも抽象画を描くということの秘密の一つはここにあるのではないだろうか。

さて本稿もそろそろ終わりに近づいたが、巻末の「編集付記」によると、まどさんは「一九六一年から一九六四年まで絵画制作に没頭する」とある。その絵の描き方も前出の神沢利子氏の解説文によると「あるときなど、ボールペンで白い紙面をぐるぐる埋めてゆくうち、もう夢中になって夜の明けるのも気づかなかったそうだ。手はひとりでに動いてとまらなかったらしい」という様子だった。

こういう文章を読むと、私は二つのことを思い出す。一つはヴァン・ゴッホがなぜ、あのように狂ったように絵を描き続けたかという、その情熱のこと。もう一つは白樺派の作家・武者小路実篤が晩年になって突然、カボチャや馬鈴薯の絵を描き始めたことである。それまで、まったく絵筆を取ることのなかった実篤が急に絵を描き始めたことの謎について、もう四十年も昔、亀井勝一郎（懐かしい！）という評論家が執拗に論じていたことを思い出す。

一九六一年と言えば、まどさん五十二歳である。人間、あるとき、目に見えるものが急に変わって、世界が妙に生々しく見えてくる時節があるものらしい。この時期、まどさんの中で何かが大きく変わったのだと私は想像したくなる。そして、その変化が無意識にまどさんに絵を描かせようとしたのだろうと。その変化は例えば、それまで自分の外に見ていた「神サマ」が突然、自分の中に入ってきてしまったような……。

そうなったら、もう、まどさんが、まどさんしていると言ってもいいし、神サマが神サマしているといってもいい。

まどさん九十八歳の新詩集

(初出「ガーネット」56号、二〇〇八年十一月)

まど・みちおさんから『うふふ詩集』(理論社)という最新詩集が届いた。ちょっと前、『赤ちゃんとお母さん』(童話屋)という選詩集をいただいたばかりだが、こちらはなんと書き下ろしだという。帯に「この詩集の作者は、／まど・みちお 満98歳。／最新書き下ろし詩集が／できました。／書いた人もスゴイけれど／それを読める私たちも／すごくハッピー。」などとある。「それを読める私たちも／すごくハッピー。」かどうかはよくわからないが、百歳近くになるまで詩を書き続けるということはどういうことなのだろう。書いているまどさんは確かにスゴイのだが、まどさんに書き続けさせているこの「人生」というものは一体なんなのだろう。この一冊を手にして、そのことのモノスゴサについて私などはつくづく思わずにはいられない。詩集の一番最後に「フト」という詩が置かれている。この詩を読むと、まど・みちおという詩人は芭蕉風に言えば「造化」、キリスト教的に言えば「神の御業」の不可思議をずっと見つめ続けてきた人だということがよくわかる。

この世は…
と　フト思った
最後のサヨナラを
いうべき相手だなあと
が　すぐ
笑い出していた
となりの
あの世ンとこにいくのに
チト
大げさやなあと
うふふ
けど…
フ

人生いろいろあったが、考えたら自分が本当に対座してきたのは「この世」そのものだった。だから「最後のサヨナラ」を言うのは「この世」なんだ。詩人という人種は概してこのような傾向にあるものだが、まどさんほど徹底して「この世」と対座した人は珍しいのではないだろうか。「あの世」がすぐ「となり」に思えるほど親しく「この世」と対座し尽くしているのだ。

＊

「りんかくせん」という詩も、なぜか気になった。その最初の七行は次のようになっている。

オレがしんだヒに
ハダカのオレの
りんかくせんは
ひとりとおく
およいでいった
とおしえてくれたんは
どこのだれやら

私が気になったのは「ひとりとおく／およいでいった」のが肉体でもなく、肉体から抜け出した魂でもなく、その中間の「りんかくせん」であることだ。実は私も以前「風が通り過ぎて」(詩集『秋の授業』所収)という詩の中で「風が通り過ぎて／カラダが残る／透明なカラダも／輪郭だけのカラダも」と書いたことがある。私の詩の場合、消そうとしても、どうしても消えない「カラダ」(自己意識と言い換えてもいい)のしぶとさを書いたつもりなのだが、まどさんの「りんかくせん」はどうなんだろうと思ったのである。私の「輪郭」に比べて、まどさんの「りんかくせん」は、まるで「この世」と「あの世」を行ったり来たりしているみたいで、フワフワと楽しそうではあるが……。

最後にもう一篇、まどさんには珍しく、詩論のようなものを書いている楽しい詩があったので紹介してみる。

傑作

これ若い人の詩だが
ワカランから

傑作なんだろうが
でもワカラン
ということがワカルから
大傑作とまでは
いかんのだろうよ
見ても見えんでも
ナンニモナイ
のが
大傑作だろうよ
な　たぶん

この詩を読むと、まどさんが「若い人の詩」も見ていて、多少、関心を持っていることがわかる。「からだも心だ」という詩の冒頭で「からだも心だ／『この世に／心でナイものなんか／ただのひとつもない』」と書いているまどさんは、どっち見ても「ワカラン」(不可思議)がピカピカしている世界のど真ん中にいる。そんなまどさんからしてみたら、人工的に創られた「ワカラン」詩など、北京オリンピック柔道百キロ超級の石井慧選手の言葉ではないが「屁のツッパリにもなりません」ということになるのだろう。

今回の詩集『うふふ詩集』には、詩の最後の一行が「ふふ」とか「うふふ」とか「アッホウ」とか「へへ　ふー」とか「ふっふふ」などという擬音語のような感嘆詞のようなもので終わっているものがかなりある。最初読んだとき、ちょっと違和感を覚えたが、百歳近くまで生きてきたまどさんが、この世の光景に見とれているときの、言葉にならない歓声、言葉を換えれば「明るい絶叫」なんだろうと思える。

話は変わるが、まどさんの詩集を読んでいて、双子の百歳姉妹の「きんさん、ぎんさん」のことを思い出した。毎日のようにテレビに出て大変な人気者だったが、何かのコマーシャルの中で、確か、きんさんの方だったと思うが、独特の節回しで「うれしいような、悲しいような」とつぶやいて、それから照れたように下を向くシーンがあったのだ。だれかスタッフが考えたフレーズかもしれないが百歳を超えてなお生きる人間というものの、ギリギリの正直な感情（まさしく「うれしいような、悲しいような」）がこめられていて私にはいつまでも忘れられない言葉になっている。

「悲しい言葉」は人間の心に届きやすい。反対に「明るい言葉」は軽くて、それに人間にあまりにも馴染みがないので素通りしがちなものだ。「きんさん、ぎんさん」に比べると、まどさんの「九十八歳」はいかにも浮世離れしていて、一般受けはしないだろうが、こういう歳のとり方もあることを知っておくのも強ちムダなことでもないだろう。

＊

以下は余談だが、昨年の暮れ（正確には十一月二十一日）、まどさんから突然、お電話をいただいたことがある。私がお便りを出したことへのご返事だったのだが、電話口でまどさんは「最近、もの忘れがひどくて」と何度も言っていた。「この電話も、途中で何を話すのか忘れそうなので下書きを書いて、それをいま読んでいるんです。くやしくて、いま泣きながら電話してるんです」とのことだった。

この話には後日談があって、まどさんの代理人をされているE・Iさんという方が、この下書きをまどさん宅で見つけ、「まどさんにきいても要領を得ないので」と手紙で私に問い合わせてきたのである。私が手紙で事情を説明すると、折り返し、その下書きのコピーを送ってくれたりした。

先日いただいたE・Iさんからのハガキによると「現在のまどさん。毎日が真っ白いページから始まります。それを楽しんでおられます」とのことだった。優に日本人男性の平均寿命を追い越した限られた時間の、それも「私が私である」ことが飛び飛びになっていくような危うい時間の中で今回の詩集は誕生したのである。最後の最後まで「私が私である」不可思議を見つめ続けているまどさん、それをまどさんにさせている「この世」(正確な言葉ではない。正確には、言葉で言えないもの)というもののモノスゴサを、くどいようだが私は思わずにはいられない。

吉本隆明×まど・みちお

（初出「ガーネット」60号、二〇一〇年三月）

高階杞一「ガーネット」編集長の趣意書は「昭和二十五年からの二十年、昭和四十五年からの二十年と比べて、平成二年から現在までの二十年の詩の意義を検証する」というものだ。生来クソ真面目にできている私は趣意書に沿っていろいろ考えてはみたものの、はっきりしたカタチは何一つ見えてこない。

昭和二十五年からの二十年は、ソヴィエト連邦未だ健在ということもあって歌声喫茶で肩組んでロシア民謡など歌っていた。次の二十年は、荒川洋治のボウセンカ詩シリーズ（現代詩を爆死させるかと期待した）などがあって、思想よりも個人の感性が重要視され、それが当時、ちょっと新しく思えたこともあった。それでは、その後の、現在にいたる二十年はどうだったのか。この間、社会的には阪神淡路大震災、オウム真理教事件、北朝鮮による日本人拉致事件の発覚など相次いだのだが、現代詩というものが、これらの事件から何を学んだかは明瞭ではない。みんな、（私自身も含めて）自分の穴の中に閉じこもって、外を見ないようにしていたのかもしれない。時折、自分の穴から首を出して近くの穴の様子をキョロキョロうかがっては、またもぐり込む。そんなことの繰り返しだったのかもしれない。

昨年の十一月二十五日の朝日新聞のインタビュー「詩はどこへ行ったのか」の中で谷川俊太郎サンが「詩は人々を結ぶものであるはずなのに、個性、自己表現を追求して、新しいことをやっているという自己満足が詩人を孤立させていった」と語っているが、まさしく、その通りのことだったような気がする。

＊

松本サリン事件が平成六年、地下鉄サリン事件が平成七年だったろうか。この二十年間で私にとっての最大の事件はオウム真理教による一連の事件だった。いや、正確に言うと、吉本隆明という評論家が、この事件の首謀者である麻原彰晃の「宗教」を堂々と擁護した事件のことである。

オウム真理教自体は、数あるオカルト教団の一つで、なんという馬鹿なことを——と呟きながら事件の推移を猟奇番組を観るような気軽さで楽しんでいただけなのだが、これを吉本隆明氏が強く擁護したという事実は驚天動地の驚きだった。いやしくも戦後詩のリーダーの一人だった吉本隆明氏が、こんな幼稚な男だったのかとショックを受けた。分からないなりに「転位のための十篇」とか『共同幻想論』とか『マチウ書試論』とか真剣に読んだものである。その全てが私の中で崩壊した。同時に戦後詩というのも完全に崩壊した。吉本隆明氏が評価した文学の全てが崩壊した（私自身の内面的変化という側面があり、すべてを氏のせいにするのは正確な言い方ではない）。いまでは、かえってスッキリして、お陰で新しい世界の構造も見え始めたりして結構面白かったのだが、そのときはかなりのショックだったのである。

そして、それ以上の驚きが、この事実を詩壇というか「現代詩手帖」などの商業誌が、この吉本隆明氏の発言に何も異を唱えなかったことである。詩誌ではわずかに今村冬三氏が「子午線」という雑誌で批判を展開していただけで、私の見る限りでは、そのほかに明らかに吉本隆明氏を糾弾したという記事を見たことがない（誰か見たことのある人は教えてください）。つまり、詩壇の全てが、大御所吉本隆明氏の奇怪な発言を批判もせず、検証もせず、口を閉ざして黙認したのである。みんな、引きこもり状態で元気がない。元気がないから論争もない。現代詩をこんな状態にしてしまった原因はいろいろ考えられるだろうが、吉本隆明氏をここまで温存してきてしまったことは、他の何にもまして大きな間違いではなかったろうか。

私は吉本ファンという人に会うと必ずこの話を出す。砂子屋書房の田村雅之氏とは何年か前、彼が『心的現象論』（これは本になったのかどうか不明）を擁護したので夜中の二時まで論争した。誰か反論をしてくれる人がいれば、ぜひ、ご意見を伺いたいものだ。

＊

まど・みちおさん（こっちだけ、「さん」付けするのは気がひけるが）が昨年、百歳を迎えた。どこかの出版社が記念展示会を開催し、その中の「百人の友人からのメッセージ」のコーナーには私も参加した。九十八歳のときの詩集『うふふ詩集』については本誌56号の「ガーネットタイム」欄で紹介したが、百歳を記念して新しい詩集を二冊も出したということだ。

この二十年間、変わったというほどのことでないが、まどさんの詩を、いわゆる現代詩の一つとして評価する詩人が出てきたのは嬉しいことだ。谷川俊太郎サンは最初から、まどさんの強い支持者の一人だったが、平成十三年五月放送のＮＨＫ人間講座「言葉の力・詩の力」では、ねじめ正一さんが取り上げた。この放送のテキストは事前にまどさんからいただいていたので、しっかり、ねじめさんのお話を聴くことができた。ねじめさんは「まどさんの詩は、現代詩とか子供の詩とか童謡詩とかいったジャンル分けとは関係なく、いや、そんなつまらぬジャンル分けが吹っ飛んでしまうほど大きな仕事です」と語っていた。

もう一人の支持者は佐々木幹郎さんで、「現代詩手帖」平成二十年四月号の鼎談「詩がそこに立っている」の中で、まどさんのことを語り、まどさんの「リンゴ」という詩を紹介していた。

佐々木さんはこの詩について「短いけれど谷川俊太郎さんとは別の方法で『リンゴ』の存在感を浮き上がらせています。哲学としての存在論の領域にも踏み込んでいる」と語っている。解説になるかどうか分からないが、私も以前、「リンゴについて」という詩（詩集『秋の授業』所収）の中で「リンゴは／リンゴ自身／存在していないことを示すために存在している」と書いたことがある。ここではあまり踏み込まないが、「リンゴ」というこの詩の中で、まどさんの「リンゴ」は風景としての「リンゴ」ではなく、すでに「在る」ことと「不在」が溶け合った（この表現は正確でない）ような「光景」としての「リンゴ」になっている――とだけは言っておこう。

＊

吉本隆明氏と、まど・みちおさんを対比することで私はこの論考で何を言おうとしているのか。吉本隆明氏は自己の思想を徹底的に推し進めることによって最終的に「麻原彰晃擁護」というグロテスクな結論に至った。それなら、その推論の前提となっているものは何か。それを探ってみようと思っているのである。つまり、吉本隆明という思想の、因って立つ根源的な思考方法とはどんなものかということになる。

その前に、まどさんの詩をもう一篇紹介してみる。「アリ」という短い詩だ。

アリ

アリは　あんまり　小さいので
からだは　ないように見える

いのちだけが　はだかで
きらきらと
はたらいているように見える

ほんの　そっとでも
さわったら

火花が　とびちりそうに…

麻原彰晃擁護発言の発端となった平成七年九月五日付けの産経新聞（夕刊）のインタビューの中で吉本隆明氏は「ですから、僕の中では一般市民として大衆の原像を織り込んでいこうという考え方の自分は、オウムの犯罪を根底的に否定します」と言っている。問題はこの「大衆の原像」である。大衆は概ね、常識というか自明のこととして、「私」「自分」を「自分のカラダ」と規定し、それを基準として世界の構造を組み立てている。そして、それをほぼ絶対のものと考えているのだが、吉本隆明氏の中にも、それと全く同類の「原型」があるのではないか。本誌「ガーネット」二十一号の拙文「(心) はどこにあるのか——吉本隆明は宗教オンチなのか III」で紹介したように、吉本隆明氏は人間の心とカラダの関係について

心と呼んでいるものは何なのか（中略）たぶん内臓の動きが表現されたものが心、と呼べるだろうと考えられます（中略）ぼく自身はそれを言語論の方に結びつけています。内臓の動きからくる心の表現は、ぼくの言語論では（自己表出）という言い方をしています。

と言っている。まどさんが「アリ」という詩の中で「からだ」と「いのち」の関係の実に微妙

なギリギリの接点に目を凝らしているのと反対で、吉本隆明氏は何でもかんでも目に見えるもの、つまりカラダに還元しないと気が済まないタチのようなのだ。

『わが「転向」』という自著の中で吉本隆明氏は「簡単明瞭なことではないですか。この簡単明瞭な事実を、思想家や主義者はしばしばねじ曲げて、目隠ししてきた。認めようとはしなかった。どうして率直にこの『欲望』の姿を、認めようとしないのか」とカラダに基づく欲望が最終的な人間の理想の姿なんだと言っている。『メタフィジカル・パンチ』（文春文庫）の中で吉本隆明氏の同書を取り上げた敬愛すべき池田晶子女史は「ゴロツキの諸君、私は言おう。君は一切の言論活動から身を退くべきだ。そうでなければ、意義などないと公に説く君自身の行為の意味を釈明するべきだ」と痛烈に批判している。中沢新一氏との対談などで吉本隆明氏は禅の師匠などをセックスの次元に引きずり下ろしてばかりいる。目に見えない力や存在などあってはたまるか、と吉本隆明は信じているらしい。これこそ吉本流の「信仰」でなくてなんだろう。

人は誰でも、それぞれ自分の世界観をつくり出す（大概は人真似が多い）が、それは、その人がつくり出す言語論といつもパラレルの関係にある。どっちが先で、どっちが結果ということもないが、カラダを基準にして素朴実在論を唱える人の言語論も多分、素朴実在論になっているだろうと推察される。言語の素朴実在論とは、一つの言葉と一つの対象は対になっていて、一つの言葉があれば、必ずそれに対応するものがあるとする考え方のことだ。「浄土」「来世」「往相」「還相」。宗教家が絶妙な意味合いで創出した比喩を吉本隆明氏は、詩人のくせに、その絶妙さのままで受け取ることができなくて、それを単なる実在としか理解できないのだ。例えば、ある禅者が「浄土は往ったら、すぐに還って来る場所だ」と比喩的に言ったのに、吉本隆明氏は「往く」も「還る」も「浄土」も全部、そのまま実在のものとして受け取っているのだ。

そんなところへ、エセ宗教者・麻原彰晃が出現して「うんとヨーガの修行をすれば、来世へも前世へも自由に行けるようになるぜ」なんて言い出したものだから吉本さんはすっかり入れ込んでしまって、

うんと極端なことを言うと、麻原さんはマスコミが否定できるほどちっちゃな人ではないと思っています。(中略)僕は現存する仏教系の修行者の中で世界有数の人ではないかというくらい高く評価しています。★1

とか

つまりヨーガは究極するところ、死を人工的に作れるところまで修練をする。（中略）そういうふうに死を人工的に修練によって作れるようになりますと、あらゆる仏教がそうであるように、死後の世界は在るという理屈になります。ちゃんとイメージできるんだから実在するという理屈になります。そうして実在の死の世界、あるいは死後の世界に自由に、というか人工的にいつでも行けるということになります。そういうことが要するに仏教の持っている無常観の基礎、根本になっているわけです。★2

などと世紀の大迷言を発してしまった。吉本隆明氏の麻原彰晃擁護発言の真相なんて、そんなところだ。

前出の『朝日新聞』のインタビューで谷川俊太郎サンは「詩はことばを使っているのに、ことばを超えた混沌にかかわる」と言っている。「ことば」は互いに溶け合って（この言い方は不正確）「混沌」へ向かうか、バラバラに散らばって、互いに孤立するか、そのどっちかでしかない。物があるように「ことば」は自立して存在する――とする素朴実在論の行く末はコリコリに固まった、身動きのとれない「死の世界」でしかない。そのことを見据えながら、人間が生き延びるための、もう一つの新しい言語論（宇宙論）を目指す時代になっているのではないか――私などにはそんな風に切に思われてならないのだが……。

★1　産経新聞のインタビュー
★2　『尊師麻原は我が子にあらず』

「超現実」を気のすむまで不思議がった詩人まど・みちお

（初出 「現代詩手帖」二〇一四年五月号）

この稀代の詩人をどう呼んだらいいのか大いに迷うところだが、あえて言えば、まど・みちおは形而上詩人であった。それもいわゆる現代詩の難解さなど比べ得べくもないほどの難解な形而上詩を書く詩人だった。ただ、児童詩人、童謡詩人としての大き過ぎる名声が、その本質を隠し続けてばかりいたのだが。

いわゆる現代詩の世界でも、その本質に気づいて積極的に賛意を表したのは谷川俊太郎氏を始め佐々木幹郎氏、ねじめ正一氏、白井明大氏らほんの数人しかいない。かく言う私も、まど詩の必ずしも良き読者ではなかった。十五年ほど前、大日本図書（まどさんの『てんぷらぴりぴり』を出した）が日本の十二人の詩人の書き下ろし詩集による双書を刊行し、何の風の吹き回しか、私もそのどん尻に加えてもらった。その後、児童詩の共著本が出るたびにまどさんとご一緒することになり、そんな中で出会ったのが佐々木氏も紹介していたあの「リンゴ」という詩だった。

リンゴ

リンゴを　ひとつ
ここに　おくと

リンゴの
この　大きさは
この　リンゴだけで
いっぱいだ

リンゴが　ひとつ
ここに　ある
ほかには
なんにもない

ああ　ここで
あることと
ないことが
まぶしいように
ぴったりだ

こんな詩が例えば『いま小学生と読みたい七〇の詩』などというアンソロジーの中の一篇として掲載されていたのである。いっしょに読みたいと言われた小学生も驚くだろうが、当の「リンゴ」という詩自身、まわりの詩群を見回しながら、どこか居心地が悪そうにしていたのを覚えている。事ほど左様に、こんな詩をここに載せる児童詩の世界もおかしいが、それ以上にこの詩を児童詩の世界に追いやっている日本の現代詩の世界というのも、どこかおかしい。

まどさんはこの詩を一九七二年、六十三歳のときに発表している。まどさんにとって「リンゴの／この　大きさは／この　リンゴだけで／いっぱいだ」という発見はよほど衝撃的だったようだ。ご自身「自己模倣です」（『いわずにおれない』）と認めているように十五年後の一九八七年、「リンゴ」を「ぼく」に置き換えて「ぼくが　ここに」という詩を書いている。言わば「個」

というものの発見であったのだろうが、それは取りも直さず「超個」の発見であったのだと思われる。私はこの詩を最初に読んだとき、言葉の厳密な意味など何もわからなかった。ただ、ものを凝視する詩人の恐ろしいほどの息づかいを感じた。そして、恐ろしいほど凝縮した時間の中で、私が見ているリンゴの風景が「まぶしいように」一つの「光景」へと変質していくのを感じた。

九十八歳のときに出した『うふふ詩集』に「からだも心だ」という詩がある。その冒頭でまどさんは「からだも心だ／この世に／心でナイものなんか／ただのひとつもない」と書いている。「あること」と「ないこと」は、文字どおり「有」と「無」、あるいは「からだ」と「心」と理解されないこともない。また、ちょうど百歳のときの談話をまとめた『詩人まど・みちお一〇〇歳の言葉』の中では次のようなことを言っている。

わたしたちを宇宙から動かすことはできない。
だからわたしは、おおげさのようで恥ずかしいのだけれども、
「宇宙人」というのがいちばん真実だと思うんです。
「日本人」というよりも「地球人」、
「地球人」というよりも「宇宙人」のほうが真実…、

わたしはそう思っています。

私たちが「無限」という概念をもつことができるのを
なによりも素晴らしい事だと思っているのです。
たとえば科学が宇宙の大きさをどれほどだと解明したとしても
私たちが「無限」の概念をもつことができる限りは
それ以上に無限なのだと、
文字通り無限なのだと、信じたいのです。
大きいほうへも小さい方へもです。

この言葉からすれば「あること」と「ないこと」は「有限」と「無限」と言い換えてもいいかもしれない。そのほか、「あること」を空間、「ないこと」を時間とする考え方も魅力的だ。しかし、観念語を何回言い換えたとしても詩の力を半減させるだけのことと自戒する。「まぶしいように／ぴったりだ」という一瞬を自分も眩暈を感じながら、ただ見つめ続けていくほかないことなのだ。その際、先年亡くなった哲学者・池田晶子女史の「本当は言葉は、それが『ない』ということを言うためにあるものですが、ほとんどの人は言葉で語られると、それが

『ある』と思ってしまう。本当は、言葉は『ない』ということをこそ言うためにあるんですよ」
(『人生のほんとう』)という言語論を参考にしてもいい。

＊

前出の『詩人まど・みちお一〇〇歳の言葉』の中で、まどさんはご自身の詩の書き方について次のように語っている。

ぼくはあまり本も読まずにすごしてきました。
でも、本でないもの、
まわりにあるいろいろなものが本みたいでした。
たとえばこのコップは私にとっての本です。
この本を読んでくれ、という声が聞こえる。
詩は私の読後感を書いたもの…。

私は人間の大人ですが、

この途方もない宇宙の前では、何も知らない小さな子どもです。
そして子どもに遠慮はいりませんから、
私は私に不思議でならない物事にはなんにでも
無鉄砲にとびついていって
そこで気がすむまで不思議がるのです。

「無鉄砲にとびついていって」もいいが「そこで気がすむまで不思議がるのです」が、いかにもまどさんらしい。こんな言葉を読むと、まどさんのまわりには「無限」がすぐそばまで降りてきていたのではないか、と思わずにはいられない。いわゆる「現実」というものが、そのまま「超現実」に変わっていて、まどさんはそれを読むのに忙しかった。意味の遠い言葉どうしをくっつけたりして超現実的な空間をつくりだすヒマなど、まどさんにはなかったのだ。

*

『まど・みちお全詩集』（新訂版）を読んでいたら、こんな詩もあった。恥ずかしながら初めて見る作品だった。

『全詩集』は何回も読んだつもりだったが、そのつど何かの目当てがあって読んできたので、それで読み過ごしてしまったのだろう。

けしき

けしきは
目から　はなれている

はなれているから
見えて
見えているから
けしきは　そこに　ある

あの雲の下に　つらなる
山々の　けしき
Sのじをかいて　海へとはしる

川の　けしき

けしきの　うつくしさは
ひかるようだ
よんでいるようだ
いたいようだ
見るものから
いつも
はなれていなければならないからだ
自分が　そこに
ほんとうにたしかに　あるために

この詩は、まどさんの空間論だ。私も風景というものの不思議さをいつも考えている。例えば、いま見ている大きな山が、私がちょっと動いただけで、もっと大きく見える。だから私は「いま見ているあの山はここにある。ここにしかない」と毎回確認する。まどさんの風景も「自分が　そこに／ほんとうにたしかに　あるために……」まどさんの目から離れている。離れているけど、いま、ここにしかない。その不思議さがあまりに強いので、まどさんにとって風景の美しさが「いたいようだ」と感じられたのだ。

『全詩集』には、そのほか「数」の不思議をテーマにした「かず」「だあれが　つくった」「ふたあつ」などの詩があった。「ふたあつ」は童謡としてよく知られた作品だが、数を数えるまどさんの目は、よく読むとコワイ。「はっぱと　りんかく」「林檎のまわり」「空気」の三篇は「輪郭」というものをテーマにしたもの。まどさんは若いときから物の「輪郭」にこだわってきた。それが前出の「リンゴ」という詩につながっているのである。

最後にもう一篇、まど・みちおという詩人の最も核心に近いと私には思われる詩を紹介してみる。一九六九年、まどさん六十歳のときに発表されたものだが、タイトル「へんてこりんのうた」のとおり、なんともヘンテコリンな詩なのだ。しかし、このヘンテコリン（荒唐無稽）によって、まどさんは確かに何かを言おうとしているのだ。

まどさんにしては少し長い詩になるが、全行引用してみる。

へんてこりんの　うた

へんてこりんが　ないている

わらいながら　わらいながら
ないている
へんてこりんの　へんちくりんの
みょうちきりん
どこかで　ないている

へんてこりんが
はしってる
とまったままで　とまったままで
はしってる
へんてこりんの　へんちくりんの
みょうちきりん
どこかで　はしってる

へんてこりんが　うたってる
だまったままで　だまったままで

うたってる

へんてこりんの　へんちくりんの

みょうちきりん

どこかで　うたってる

一連の「わらいながら／ないている」や三連の「だまったままで／うたってる」などは人間心理のある意味の比喩的表現として理解できないこともないが、二連の「とまったままで／はしってる」に到っては、これはもう完璧な荒唐無稽であり、言語破壊のナンセンスとしか言いようがない代物だ。

子どものころからまどさんは身近な小さな生きものを見るのが好きだった。大人になってもアリやミミズなどを見続けた。それも二、三分という単位でなく、二時間も三時間も道端にしゃがみ込んで見続けた。『バカの壁』の養老孟司さんも牛の糞を半日見続けた人だが、あれは糞に寄ってくる虫を観察していたらしい。まどさんはそうではなくて、アリやらミミズやら自体を見続けたのである。そのとき、まどさんは何を見ていたのか。「言葉の世界」と「実物の世界」。まどさんにはその二つの世界があり、その二つをまどさんは同時に見ていたのではないかと私には思われる。言葉の世界には主語と述語、名詞と動詞があって言葉独自の動き方をしている。しかし、実物の世界には、よく見ると主語も述語も名詞も動詞もない。いままで言葉の世界で習ってきた見方では全く説明できないような事態が実物の世界では進行している。そのことに驚いて、そのことを何度も確認するためにまどさんは生きものを見続けていたのではないだろうか。実物の世界はなんと「へんてこりん」で「へんちくりん」で「みょうちきりん」なのだ。人に言っても誰も信じてもらえそうにないので、まどさんはそのことを戯れ歌の形で自分自身のために記しておきたかったのではないか。私には、そんな風に思えてならない。実際に木でも花でも魚でも、よく見ると動いているのか止まっているのかわからなくなることは私自身も実感している。「とまったままで／はしってる」の背後には何か大きな宇宙の神秘が隠されているような気がしてならない。

「へんてこりん」と言えば、詩集『炎える母』で知られる宗左近さんも実に「へんてこりん」の詩を書く人だった。詩集『水平線』の中の「運動」と言う詩では、「おお　運動だって　停止だから／停止だって　運動です／ほら　雲／停止しながら　運動する／運動しながら　停止する」と書いている。なんと宗左近さんは、まどさんの「とまったまま／はしってる」と全く同質のナンセンスを主張しているではないか。これはただの偶然だろうか。「言葉の世界」とは別の、もう一つの世界があるのではないか。そんなことまで予感させるような出来事なのだ。確かに空に浮かんでいる雲は、よく見ると、何がどうしているのか不明である。「何が」（主語）と「どうして」（述語）の区別もない。そのことを二人は言おうとしていたのだろうか。

　極論すれば、二人の考えている「宇宙」と私たちが漠然とイメージしている「宇宙」がそもそも違っているのかもしれない。宗左近さんは中句集（俳句と詩の中間なので）の「覚書」（あとがき）の中でいつも「当方、ますます、死生混乱の日々を送っています。その惑乱の宙宇に目を見はるのが、わたしの仕事です」と書いている。一方、まどさんは宇宙はナンデモアリをテーマにした「なにしろ　うちゅうは」という詩の中で「いきものたちでも　みんな／ハカのなかから　うまれてきて／おかあさんのおなかに／かえっていく／のかもしれない」と平気で時間を逆転させたりしている。「惑乱の宙宇」を見ていることにおいて二人は酷似している。違うのは宗左近さんが「惑乱」をはるか遠い世界のこととして語っているのに対し、まどさんの「惑乱」は自分のすぐそばまで来ているということだけだ。

まどさんからの手紙

先日、まど・みちおさんからの手紙を一日がかりで探してみた。私の詩集も何冊かお贈りし、まどさんからも十冊以上いただいているので、もしかしてハガキの一枚や二枚あるかもしれないと思ったからである。

郵便物の管理については割合きちんとしている方だ。年賀状はもちろん、その年ごとに封筒に入れて保存するし、「ガーネット」関係の郵便物は当該号の裏表紙裏にポケットをつくり、その中に保存するようにしている。その他の郵便物については、毎年の大晦日に状差しから大き目の封筒に一括入れ替えるようにしている。この封筒がいつの間にか三十袋ぐらいになっていて、いちいち封を開けて探すのは容易なことではなかったが、なんとか日の暮れるまでかかって封書一通とハガキ三枚を見つけ出すことができた。相当の大仕事だったが、これが私なりのまどさんへのお別れの儀式かもしれないと考えてがんばった。

（初出「ガーネット」73号、二〇一四年七月）

以下、ちょっと気恥ずかしいが、何かの記録になるかもしれないと考えて公表することとした。別の同人へのまどさんのおハガキや私への電話してきたときのお言葉なども併せて紹介する。

お礼のお返事が書けなくてまごまごしていますうちに時間だけがすぎていきます。書けない理由の最大のものは、ボケがひどく、思うことが思うように書けないからです。その思うことさえもいいかげんだからです。あの心をこめてお書き下さった全文を私はどこまで理解できてるか。私が一ばん感じていますのは、あのように深かく（ママ）お考えになって、まちがいなくあの作品の意図するところをとことんつきとめようとして下さっている、ほどにあの作品のネウチがあるのだろうか、ということです。あれはいってみれば私のひとりよがりです。基本的な詩の勉強も絵の勉強も何もしてない私の。その上に「本」の読めない私が全くのかってな無ボウな自分流をやらかしているだけだからです。それにもう一つ、このようにうだうだ記していています通り、まともな文章が書けません。なおその上に書いても漢字が書けず、ウソ字になります。というようなワケでご無礼しておりました。有難くて勿体なくて大恐縮しております。かねがね「ガーネット」をタダで頂いてて、自分の厚かましさに冷や汗をかいていますが、九〇才をこえたトシのことフイチョウして、いい気分になって甘えさせてもらっている図々しさ。いずれバチがあたってアチラ行きはヒドイことになるのではと思っております。あんまり失礼でこのお手紙破りすてようかと思いましたが、とどまりました。

消印は平成十六年三月十日。まどさんからいただいた唯一の封書。まどさんからいただいた詩画集『とおいところ』の書評を「まどさんが、まどさんしている」というタイトルで「ガーネット」42号に書いたことへのお礼のお手紙。小さいマス目の方眼紙に小さい字でびっしりと書いている。初めて見るまどさんの抽象画に感激して、少し長めに真剣に書いた書評だったので、まどさんも嬉しく思ってくれたのだろうと思う。

ご高著お恵みに与りまして有難うございます。こんなボケ老人にもワカル気のするお作品ばかりで、嬉しく三回拝読させていただき堪能いたしました。とりわけ詩集名になっている「バンザイ、バンザイ」が好きで、溜息ついたり目をつぶったりしてイメージを楽しみました。「ガーネット」をいつもありがとうございます。勿体ないことでございます。それから、たしか年賀状を頂いたのではないかと思います。もう幾年も賀状やめていましてご無礼の段お恕し願います。一層のご健筆をお祈り申し上げます。

消印は平成七年三月九日。私が初めてまどさんからいだいたハガキ。第五詩集『バンザイ、バンザイ』をお贈りしたことへのご返事。「ガーネット」送付の件は高階杞一氏から送っていたので、まどさんの勘違い。

チャチな小著に、ていねいにお目を通して下さって有難うございます。そのうえに、いろいろ適切なおことばまでたまわりまして勿体ないきわみです。ボケがひどくなりまして、ろくなご挨拶もできずご無礼します。喜んでいることだけお伝えできたらとふるえた文字並べました。ご健康ご健筆祈り上げます。

消印は平成十三年十月十六日。このときの「チャチな小著」が何という詩集かはっきりしない。発行日から推定すると『うめぼしリモコン』(平成十三年九月刊、理論社)が一番近い。それとも『きょうも天気』(平成十二年十一月刊、至光社)かもしれない。

『いつのまにかの　まほう』の本をありがとうございました。いや、ございます。ホントにモモカちゃんが、この私であるかのように、しらぬまにぼけきっております。せいちょうがおとろえに、いつ変わりましたのやら、それもいつのまにやらで、いまやまともな文がかけません。かんじがとくに。5感の全ぶがダメでオツムはカラッポ。ナミダだけがまんぱいで何かというと出てきてくれます。私より若い人がみんなアチラへいそがれて、アチラでお会いしてオワビイウノガイマノ私ノイチバンノネガイデス。どうぞお幸せで！
ありがとうございます。

消印は平成十七年六月九日。私の二番目の絵本『いつのまにかの　まほう』へのご返事のハガキ。文中の「モモカちゃん」は絵本の主人公の女の子の名前。絵本のテーマが、生きものは「いつのまにか」という魔法で成長するというものだったので、そのことを踏まえて「せいちょうがおとろえに、いつ変わりましたやら」と書いている。

「ガーネット」三十三号を有難うございました。背のびして、ワカッタつもりで楽しませて頂いています。とくに大橋さんのお作や「現在詩ということ」はボケ頭にもスウッーと入りました。大切な同人詩（ママ）のスペースをチャチな小詩の紹介にさいて下さって大恐縮いたしました。「第2回ガーネット祭」のご成功を祈りあげます。参加できないで申訳けございません。手がふるえ、文字がよく書けず、これもご免なさい。ご無礼のかずかずお恕し願上げます。

これは平成十三年四月ごろのおハガキ。私にではなく、「ガーネット」編集長の高階杞一氏あてに送られたもの。それを高階氏がコピーして送ってくれた。「ガーネット」三十三号に私は「噛むようにして」「花という本」「蕾について」「ちょうちょ」の四篇の詩を発表した。また、「ガーネットタイム」に『現在詩』ということ」というタイトルの小文を書いた。これらを好意的に読んでくれたまどさんのおハガキである。このころ私の詩は大きく方向を変えようとしていた。まどさんに読んでいただいたことが少なからぬ力となった。その意味でも忘れられないハガキである。

お懐かしいお人からの勿体ないお便りと『歯をみがく人たち』。大橋政人さんという人は、私のような無学モン盲の年寄りにでも「わかった」と思わせて下さる珍しい現代詩の作者だ、という先入観はかねがねもっております。でも今は私、レッキとしたアルツハイマーの患者でございまして、つまり、かなり重い病人でございまして、ろくに本もヨメマセンし、文を書くなど不可能なのでございます。ということも紙にかいてよんでいるのでございます。あしからず。

これは手紙の文章ではない。まどさんが私に電話をしてきた、そのときのまどさんの下書きなのである。と言ってもチンプンカンプンかもしれないが、これにはいろいろ、イキサツのある話なのである。事の発端は、詩集『歯をみがく人たち』を出すに際し、よせばいいのにその跋文もしくは帯文をまどさんにお願いしたことにある。ゲラと手紙をお送りしたところ、まどさんから突然、電話がかかってきた。平成十九年十一月二十一日のことだった。私に断りの電話をしようとしたのだが、アルツハイマーのため言いたいことも忘れそうになる。それで電話する前に下書きを書き、それを電話口で読んだのである。この文章のほかにもいろいろ言っていたが、私のメモが間に合わなかった。「いま私は泣きながら、これを読んでいるのでございます」という言葉だけははっきりと覚えている。

これだけで終わればよかったのだが、この下書きをまどさんの代理人をしているというE・Iさんがまどさんの家で見つけた。「このメモはなんですか」と、まどさんを問い詰めたが、E・Iさんの手紙によると「①書いたまま何もしなかった、②送った、③電話で読んだ……のどれだったか全く覚えていないそうです」ということで、下書きのコピー同封でE・Iさんが私に問い合わせてきた。

私がご返事を書いたら事情をようやく理解したE・Iさんは折り返して手紙を送ってきた。

その手紙には「まどさんの承諾を得たので、あの下書きの文章を帯文に使ってください」とあった。同封してきた下書きのコピーには何箇所かの加除訂正がしてあり（E・Iさんが、まどさんに指示した）だいぶ読みやすくなっていた（前出の文面）が、結局私は詩集の帯文に使うことはしなかった。とんでもないご迷惑をかけてしまった、という呵責の念ばかり強くなっていたからである。

以上がまどさんの手紙にまつわる話の全てである。転記に際しては句読点の有無にいたるまで、できるだけ原文のままとした。まどさんの書く文字は、ご自身が何回も繰り返して言っているとおり、全部ふるえている。判読不能かと諦めかけたものもあったが、拡大鏡を使ってなんとか読めたものもある。まどさんの文字は詩集のサインも封筒の宛名もみんなふるえていたが、今となってはそれさえも思い出の一つとなってしまった。

＊

たいぶ長くなって恐縮なのだが、まどさんとのお別れに免じて、最後に詩を一篇だけ紹介させていただく。まどさんが九十四歳のときに書いた「なんでもない」という詩だ。

なんでもない

なんでもない　ものごとを
なんでもなく　かいてみたい
のに　つい　なんでもありそうに
かいてしまうのは
かく　オレが
なんでもないとは　かんけいない
なんにもない　にんげんだからだ

ほら　このみちばたで
ホコリのような　シバのハナたちが
そよかぜの　あかちゃんとあそんでいる
こんなに　うれしそうに！
なんでもないからこそ
こんなに　なんでも　あるんだ

天のおしごとは
いつだって　こんなあんばいだ

まどさん九十六歳の聞き書きをまとめた『いわずにおれない』の中で、この「なんでもない」にふれてまどさんは次のようなことを語っている。

それに、私はすごく謙虚なようなことを言っていても、実際は見せびらかしたり偉ぶったりするのが好きな人間でね。そういう自分を毛嫌いしているにも関わらず、無意識のうちに自分をよく見せようとする。気をつけないと、きれいごとや偉そうなことを言い出しかねないんですよ。「なんでもない」って詩にも書きましたが、なんでもないことを本当になんでもなく書けたらと思います。

まどさんはいつも、ご自分を「不思議がり」と言っていた。「なんでもない」ことに「なんでもなくはない」ものを一生見続けてきたのだが、晩年のまどさんはその「不思議」をも通り越した「なんでもない世界」を夢見ていたようだ。前出のＥ・Ｉさんによると、「現在のまどさん。毎日が真っ白いページで始まります。それを楽しんでおられます」とのことだった。そんな中でも、不思議の向こう側へとまどさんの魂は行こうとしていたのだろうと思う。

まど・みちおという詩人の正体（その1）

（初出「ガーネット」84号、二〇一八年三月）

昨年十一月二十五日、群馬詩人クラブ主催の「秋の詩祭」というイベントの一環で三好達治賞受賞記念講演というのをやらされた。いつもは著名詩人にお願いする講演だが、今回は近場で間に合わせようという幹事の目論見だったのだろう。演題は「まどさんからの手紙」。まどさんからいただいた何通かの手紙を紹介しながら、まど・みちおという詩人の本当の姿に迫ってみよう、というものだった。「ぞうさん」や「やぎさんゆうびん」などの童謡が有名になり過ぎたために「ぼくの詩は子どもの言葉で書いた大人の詩」というまどさんの「大人の詩」の部分が見過ごされ続けてきたからである。そんな趣旨で一時間半にわたって持説を展開してみたのだが、ご案内のとおり私は極め付けの口下手である。振り返ると説明不足は言うに及ばす肝心のことを言い忘れてしまった部分もかなりあった。そこで、当日出席した皆さんへの内容補塡の意味から講演のサワリの部分を誌上で再演してみることにした。県外の「ガーネット」

一般読者のためにも多少、参考にしていただければという身勝手な魂胆もあってのことだ。

＊

私とまどさんとのお付き合いは、まどさんの晩年二十年ほどだが、そもそもの始まりはこの『十秒間の友だち』という少年少女詩集だった。大日本図書が創立百十年の記念事業として刊行した双書「詩を読もう！」（谷川俊太郎、まど・みちお、新川和江など十二人の詩人の書き下ろし詩集から成る）の一冊で、私を十二人のシンガリに押し込んでくれたのは編集のK・Mさんによるとどうやら、まどさんだったらしい。「ガーネット」は編集部からまどさんへ送ってあって、それで私の詩を読んでいてくれたらしいのだ。この詩集がきっかけで絵本の原稿も書くようになり、私にとっては画期的な一冊となった。

それはさて置き、十二冊の刊行が終わったと思ったら、この双書を元にした小中学生向けのアンソロジー（『いま中学生に贈りたい七〇の詩』、『元気が出る詩・4年』など）があちこちの出版社から刊行された。私の詩も使用されて、送られてくる献本を見ると、どの本にもまどさんの詩が載っていた。そして、その中にあの有名な「リンゴ」という詩があったのである。この詩を読んで私は本当にびっくりした。日本にこんな詩人がいるのかという驚きとともに、こんなスゴイ詩を少年少女詩の分野に追放している現代詩の詩壇というものに怒りを覚えた。それはともかく、この詩との出会いが私とまどさんの本格的な出会いとなった。それからまどさんの詩をずっと追いかけ続けて今日に到っている。

谷川俊太郎サンはまどさんの詩について「こんなにやさしい言葉で、こんなに少ない言葉で、こんなに深いことを書く詩人は、世界でまどさんただ一人だ」と言っている。しかし、過去の私を含め、まどさんの詩を正当に評価してきたのはほんの一握りに過ぎない。今日の講演の依頼を受けたのは今年の二月か三月。だいぶ時間があるので、まど・みちおの詩をなんと命名しようかといろいろ考えた。正・続の全集（二つ合わせると広辞苑より厚い）や、まどさんへの聞き書きをまとめた『いわずにおれない』、阪田寛夫さんの評伝『まどさん』など手元にあるまどさんの著書や、まどさんに関する著作に全部目を通した。ちょうど谷川俊太郎選の『まど・みちお詩集』も出たので、それも読みながらまど・みちおの詩の本質へ迫ってみた。

いろいろ考えながら、最初に思いついたのは「シュールレアリスム詩人」という言葉だった。「現代詩手帖」が平成二十六年五月号で行なった追悼特集に私も寄稿したが、そのタイトルは「〈超現実〉を気のすむまで不思議がった詩人まど・みちお」だった。しかし、「手術台の上でミシンとコウモリ傘が出会う」というような言葉の操作をまどさんはしていない。まどさんの詩は谷川さんが言うように簡潔そのものだ。それに日本でシュールレアリスムと言うと西脇順三郎の名が思い浮かぶが、西脇は「人間の存在の現実それ自身はつまらない。この根本的な偉大なつまらなさを感ずることが詩的動機である」などと言っている。まどさんは、これと正反対のことを「人間存在の現実それ自身」に見ているのである。超現実主義詩人とは呼ばない方がいいな、と思った。

次に考えたのは宗教詩人という呼び名だった。一般に宗教詩人というと八木重吉、山村暮鳥、宮沢賢治などが挙げられるが、八木重吉の宗教は天上の美しい国やイエス・キリストというスーパーヒーローへの憧憬が基になっている。山村暮鳥も「ある時」という詩の中で「かな　かな／かな　かな／どこかに／いい国があるんだ」とうたっている。身近な動物や植物の中にも神サマを見ているまどさんの見方とは少し違うような気がする。宮沢賢治などは法華経信者を名乗りながらヘンテコなことばかり（例えば妹トシ子の臨終の顔の色でトシ子の死後の魂の行方を占ったりしている）言っているので宗教詩人とも呼べないから問題外だ。とにかく一般に宗教詩人と呼ばれている詩人とまどさんの詩は、だいぶ違うような気がした。

講演まであと一か月と迫った十月のある日、私の頭に神秘主義詩人という言葉が閃いた。これで全て、つじつまが合うと感じた。神秘主義は辞書などでは「人間の意識を超越したものを直感でとらえること」とある。西洋ではワーズワスやウィリアム・ブレイク（「一握りの砂に永遠をみる」などのフレーズがある）など、神秘主義の詩人が多い。先日いただいた佐久間隆史さんの『超現実と東洋の心』という評論集ではアルチュール・ランボーと禅の同質性を論じていた。卓見だと思う。ランボーはキリスト教文化圏が大嫌いでアフリカまで逃げたのである。私見では、キリスト教の用語を使わないで宇宙や自然についての深い思想を語る人は西洋ではみな神秘主義者と呼ばれているのだと思う。

先日、たまたま観たテレビで金沢市の鈴木大拙館の名誉館長の岡村美穂子さん（大拙の秘書をしていた）という方が大拙の思い出を語っていた。大拙は戦前から渡米し、欧米の大学で禅の講義を行ない、哲学者、心理学者、芸術家などに多大の影響を与え、詩の分野ではギンズバークやケルアックなど熱烈な崇拝者を集め、ビートゼレネーションの教祖的存在となった。岡村さんの話ではある日、ジャン＝ポール・サルトルの本を読んでいた大拙が「人間の足元には底知れぬ深淵が横たわっている。その深淵にいつ飲み込まれるかと人間は恐怖におののくばかりだ」のくだりに来たとき「Why does'nt he jump in? なぜ彼は深淵に跳び込まないんだ。飛び込めばいいんだ。跳び込めば、新しい世界が拓けてくるのに」と叫んだということだ。伝統的キリスト教では神と人、無限と有限は厳格に仕切られているが、私見では、その仕切りを取り外して神（無限）と人間（有限）が渾然一体となった状態から言挙げする人々のことを神秘主義者と言う。これからまどさんの詩をいくつか読んでいくが、例えば「あかちゃん」という詩では、赤ちゃんがいつの間にか「かみさま」に変わっている。「アリ」や「リンゴ」という詩でも、アリやリンゴから神々しさが漂ってくる。まど・みちおという詩人は明治以降の詩の歴史の中で全く類例のない、神秘主義詩人という名の詩人だった。そう呼ぶのが、まどさんには一番ふさわしいように思われる。谷川俊太郎サンは戦後詩の中に「宇宙」という視点を初めて導入した詩人だが、処女詩集のタイトルは「二十億光年の孤独」である。宇宙と自分が別々で、自分が宇宙の中で迷子の状態にある（それで「孤独」を感じる）ので神秘主義詩人ではない。中原中也も「盲目の秋」の中で「風が立ち、浪がさわぎ／無限の前に腕を振る」と無限と自己が別々になっているので神秘主義詩人ではない。

半年以上もまどさんの詩を読み続けている中で私はもう一つのことに気づいた。それは、その当時あまり意識しなかったことなのだが、詩を書いていく私にとって、まど・みちおという詩人が大きな励みになっていたということである。私はこれまでの人生で精神的な大きな激変を二回経験しているが、その二回目の激変により私の詩が大きくカーブを切ろうとしていたちょうどそのとき、私はまどさんの詩を読み始めたのである。私と同じような詩を書く人が少なくとも一人はいるということが、その当時、私の心の大きな支えになっていたように思う。これから読んでいくまどさんの詩の理解に多少参考になるかもしれないので私の二回の激変について話してみる。

一回目は高校二年生のころで、発達心理学で言う自我の目覚めというものだったのかもしれないが、私の場合、それがなんの前触れもなく突然やってきた。よく「世界が音を立ててガラガラと崩れた」という表現をするが、私の場合、文字通りそのような状態だった。私が生きている（死んでいく）ということに気づくと同時に私の住んでいる世界が狂っているとしか思えなかった。今から思うと私はそのとき「無限」というものに気づいたのだ。「無限」は人間の理解を超えているので、それで私は「世界は狂っている」と強く感じたのである。大事な受験勉強をそっちのけにして、カフカの『変身』やカミュの『異邦人』、サルトルの『嘔吐』などを読み漁った。特にカフカの『変身』はそのときの私の状態にピッタリだったので興奮しながら読んだ。芥川龍之介の「世界は狂人が主催したオリンピックのようなものである」という言葉にもいたく共鳴したこともよく覚えている。

二回目の激変は五十歳を超えてから。これにはきっかけがあった。姪が買ってきてくれた鉢植えのマーガレットという花を、寝る前に見て、翌朝見てみると少し大きくなっていた。生育が悪く、花弁が細かったので大きくなったのがはっきり分かった。それを見た瞬間、いままで見たこともないもののように花が見えたのである。花とは何が、どう変化しているのか。いまから思うと高校二年のときに、はるか彼方の空の上に見ていた「無限」が突然、目の前に下りてきた、という感じだった。そのころは、どんな花を見てもドキッとした。花が実に生々しく、他人事でないように見えた。それまで花や草や樹木など全く興味なかった私が、いつも机上に花を置くようになった。それから、そんな詩ばかり書くようになった。一回目の激変は狂おしく苦しいものだったが、二回目の激変は逆に心を落ち着かせてくれるような種類のものだったので助かった。それから全ての生きもの、全ての自然が花と同じ不思議さを持っていることに気づいた。私がまど・みちおさんの「リンゴ」という詩に出会ったのはそんなときだった。

*

長くなってしまったので講演の後半部分は次号の本誌本欄で再演することにする。今回の講演は時間的にだいぶ余裕があったので話の構成などいろいろ考えてみた。話の途中、何か所かには「ここで笑わせる」なんていう場面もつくった。例えば『十秒間の友だち』の刊行が編集者の深夜の突然の電話で始まり、十二人の一人に入れたのはある詩人のピンチヒッターであることが分かり、てっきりそれは辻征夫さん（そのころ体調を崩していた）かと思っていたが「実はそれは私なの」と岸田衿子さんから電話がかかってきて、長電話で有名な岸田さんのおしゃべりに一時間半も付き合わされた話などしたのである。しかし、会場を埋めた聴衆全員がクスリともしなかった。全く話芸とは難しい、笑いを取るのは難しいと再認識させられたものだが、受けなかったのは私の話下手のせいだけではなかったかもしれない。真面目一本ヤリの神秘主義と笑いとは、もともと性が合わなかったのである。「天国にはユーモアは要らない」というマーク・トウェインの言葉を空しく反芻するしかなかった。

まど・みちおという詩人の正体（その2）

（初出「ガーネット」八五号、二〇一八年七月）

昨年十一月、私は「まどさんからの手紙」と題して、まど・みちおの詩についての講演を行なった。前回に引き続いて、その講演の誌上再演である。前号では、まど・みちおという詩人の正体は神秘主義詩人であることを突き止めるまでの道筋を書いた。今号では、まどさんの個々の詩を鑑賞しながら、そのことを実証して行く部分を誌上再演してみる。

＊

まず、現代詩人としてのまどさんの詩の中で最も有名で、最も難解と言われる「リンゴ」（五三ページ参照）という詩を読んでみる。

私自身、この詩をうまく説明できない。ただ、リンゴそのものを突き抜けていくような、まどさんの鋭い視線は感じることができる。リンゴのある平凡な風景が、ここでは一転、かなり密度の濃い「光景」に変質していることだけは感受できる。

まどさん自身の解説によると、最初はただ、リンゴの美しさに見とれていた。そのうちに、リンゴがいま、ここに在るということは、それだけで「いっぱいだ」ということにふと気づいた。それが非常に不思議なものに思えてショックを受けて書いたとのこと。因みにこのショックがあまりに衝撃的であったせいか、後年まどさんはこの「リンゴ」と「ぼく」を入れ替えて「ぼくが　ここに」という詩を書いている。「リンゴの／この　大きさは／このリンゴだけで／いっぱいだ」と書いたとき、まどさんは個が個であることのギリギリの深い意味に気づいたのだと私は思う。個に気づくと同時に超個というものに気づき、さらには図示できない個と超個との関係について気づいたのだと思う。

最終連の「あること」を有限、「ないこと」を無限と解釈すればその二つが「まぶしいように／ぴったり」になっている光景はまさしく神秘主義詩人のものである。また、「あること」を空間、「ないこと」を時間と読み替えると、その二つが融合した「永遠」というものの誕生に立ち合っている光景とも読める。私は以前「存在する花は自分自身存在していないことを示すために存在する花は…」というフレーズを書いたことがある。そのとき、ありありと存在している花が、完璧に「ない」ように見えた。そんな個人的な体験と照らし合わせるようにして私はこの詩を読んでいる。

まどさんは自分自身のことを、半分卑下の気持ちもこめて、いつも「不思議がり」と呼んでいた。「私は不思議なものにはなんでも無鉄砲にとびついていって、そこで気がすむまで不思議がるのです」とか「宇宙の前では私は小さな子ども。子どもだから遠慮しないで不思議がるのです」などと言っている。この「気がすむまで不思議がるのです」が凄い。尋常一様の集中力ではない。「アリ」という詩では「アリは／あんまり　ちいさいので／からだは　ないように見える」「いのちだけが　はだかで／きらきらと／はたらいているように見える」と書いているが、「からだ」だか「いのち」だか、その境界が分からなくなるまで見尽くす。その集中力には、ただ圧倒されるばかりだ。

まどさんは自分の書く詩について、ただの「読書感想文みたいなものです」とよく言っていた。「私は低血圧だから、ふつうの本が読めない。その代わりに花という本を読み、虫という本を読み、読んだことの感想が私の詩なのです」と言っていた。「低血圧」などと理屈をつけているが、本当は、「ふつうの本」はまどさんにとって退屈極まるものだったのだろうと推察される。まどさんにとって人間の書いた本などより、身近にいる生きものの方がよっぽど有益でスリリングだったのではないか。

次に「あかちゃん」（二六ページ参照）という詩を読んでみる。この詩は小さなアリを何十万倍かして見やすくしただけで、テーマは「アリ」という詩と全く同じである。まどさんの詩の中で私が最も感激した詩である。

この詩を、「かみさま」に創ってもらった「あかちゃん」のしぐさはいかにも無邪気だ——などと解釈しては台なしである。ポイントは「あかちゃん」がそのまま「かみさま」になっていることである。両者は一体でもないし、かと言って別体でもない。その絶妙な関係にまどさんは多分、うなり声をあげながら凝視している。被創造物と超越者の関係をここまで深く見ようとした詩人は例がない。

ここに『無心の詩学——大橋政人、谷川俊太郎、まど・みちおと文学人類学的批評』という本がある。英文学者の大熊昭信という人の書いたものなのだが、この本の第三章では「根源的な無心——まど・みちおとウィリアム・ブレイク」というタイトルでまど・みちおを論じている。ウィリアム・ブレイクは「一握りの砂に永遠を観る」などのフレーズがあり、欧米文学の中で最も難解な詩人と呼ばれているが、その詩人とまど・みちおの共通性を論じているのである。いただいたときには気づかなかったが、いま読み返してみるとその先見性に驚くばかりだ。

仔羊よ　だれがおまえを創った？

だれがおまえを創ったか　知ってる？
仔羊よ　わたしは知っている
そのかたは　おまえと同じ名前だ
（中略）
そのかたは　おさなごになられた
わたしは子供　おまえは仔羊
わたしもおまえも　そのかたと同じ名

この章の中で大熊氏はブレイクの「仔羊」というこの詩を引用し、ブレイクは伝統的なキリスト教を相対化し「エックハルトのいう神々ならぬ神性といったものが、想定されている」と断じている。私から見ると、「わたしもおまえも　そのかたと同じ名」の部分など、まどさんの「あかちゃん」とそっくりである。まどさんも若いころキリスト教に入信しているが、まどさんのキリスト教もだいぶケタがはずれている。大熊氏はまどさんの「あかちゃん」という詩にはふれていないが、まどさんにウィリアム・ブレイク的なものを見ていることは確かだ。

余談だが、「あかちゃん」の詩を読む度に私はウィトゲンシュタインの「犬の振舞を見ていると、その魂を見ているのだと言いたくなる」という言葉を思い出す。それから山村暮鳥の一三〇〇行の長詩「荘厳なる苦悩者の頌栄」を思い出す。この詩で暮鳥は「理想としての神様／それを私はわれわれ人間に見つけました」と言っている。それから、まどさん自身の「ミミズちゅうのは手も足もなんにもないだけに、ボディ全体であらゆることをやっているように見えます。まるで体が心そのもののように」という言葉を思い出す。まどさんの言う「かみさま」は空の彼方に鎮座ましましてなどいない。「かみさま」は「あかちゃん」の外にもいないし内にもいない。その二つが絶対、絵には描けないような関係になっているのがスゴイ。神秘主義者のエックハルトに「私が神様を見る目は神様が私を見る目といっしょだ」という言葉があるが、この言葉も絶対、図解で説明することはできない。

全集をめくっていたら「けしき」（五九ページ参照）というタイトルの詩があった。これは、言わばまどさんの一種の風景論である。風景（目に見えるもの）とはなんだろうとまどさんは真剣に考えているが、そんなことを考えた詩はいままで見たことがない。詩は一連目の「けしきは／目から　はなれている」という当たり前の事実から始まって、最終連は「見るものから／いつも／はなれていなければならないからだ…／自分が　そこに／ほんとうにたしかに　あるために…」で終わっている。風景というものは私に美しく見せるために、わざとあんなに遠くに離れているのだとまどさんは言う。私がなぜこの詩が面白いかというと、私はあの赤城山を見る度に「遠くのお山はここにある」といつも考えているからだ。いま見ている山を手に取ろうと近づければ、違う形の山が出現する。だから、遠くのお山は「ここにある」としか言えない。まどさんは山を退かせ、私は反対に近づけているように見えるが案外、同じことを言っているのではないかと思っている。

赤城山は、言葉は一つだが、前橋から見るのとわが家の近くの桐生市から見るのとでは全く違う。赤城山を見る度に私は言葉と物との関係を考えてしまう。一つの言葉に対応する一つの実体などはないのである。そうでなくて言葉とは叫びではないかと考えている。まだ名前もない何かと何かがぶつかる、そのときの衝撃音または叫びが言葉となって現れてくるのではないか。ヘレン・ケラーの自伝の映画でサリバン先生がヘレン・ケラーの手を取って、ほとばしる水道の水に触れさせるとヘレン・ケラーが「ウォーター！」と叫ぶ。あの感動的なシーンのように赤城山とは実体ではなく「赤城山！」という叫びである。主観と客観は実在として別々に存在しているのではなく、その二つが衝突した瞬間が本当の実在（言葉）ではないのか、などといつも考えている。

最後に「へんてこりんのうた」（六一ページ参照）という詩を紹介して私の講演を終わりにしたい。私にはこの詩が、まどさんの本音がいちばんよく出ている詩のように思われる。全三連の二連目だけ読んでみる。

へんてこりんが　はしってる
とまったままで　とまったままで
はしってる
へんてこりんの　へんちくりんの
みょうちくりん
どこかで　はしってる

因みに一、三連の二、三行目はそれぞれ「わらいながら　わらいながら／ないている」「だまったままで　だまったままで／うたっている」となっているが、まどさんはこの詩で「不合理」ということにかなり拘っている。埴谷雄高に大昔、『不合理故に我信ず』というタイプ印刷の詩集があったが、その同じ「不合理」をまどさんは主張したくて仕様がないようなのだ。人間は歩いたり、走ったり、止まったりすることができる。しかし、「とまったままで／はしってる」ことはできない。しかし、まどさんは、それができると言っているのだ。なんで、まどさんはこんな「へんてこりんの　へんちくりんの／みょうちくりん」のことを言いたいのか。自分でも「へんてこりん」と分かっていながら、なぜ、そのことを言いたいのか。

私の一回目の精神的激震の折、私が「世界は狂っている」と感じたということはすでに述べた。そのときの様子が私の書いた「小石」という詩に残っていた。その詩で私は「上と下が重なり／大と小とが重なり／遠と近が重なり」と書いている。私だけでなく宗左近という詩人は「運動」という詩の中で「おお運動だって停止だから／停止だって運動です／ほら雲　停止しながら運動する／運動しながら停止する」と書いている。宗さんには狂おしいような宇宙の様相を書いた詩が何篇もある。また「雲のない空　空のない雲　そんなのない　こんな」「宇宙は無定形　鳥の水平に飛べぬ悲しさ」などの一行詩もある。こんなのを見ると、宗左近という詩人は三次元の宇宙に飽き足らない、というか我慢ができなかった人のように見える。宗さんの「雲」ではないが、何かを真剣に見つめると、物事のあり様が本当は常識で考えているのと違うことに気がつく。私などは樹木が成長していく様子を見るにつけ、成長しているのか静止しているのか分からなくなる。それは成長する主体がどこにも見つからないからである。因みに宗左近はランボーの研究家（ランボーも、いい意味で相当「へんてこりん」である）であり、わが国では稀な宮沢賢治の批判者（宮沢賢治は悪い意味の「へんてこりん」である）である。宗さんの詩には単なる暴言として退けられない論理性がある。まど・みちおさんも少年少女詩という隠れ蓑に隠れて、己の奥深く秘蔵しているある意味の「狂気」について書いておきたかったのではないか。

以上で私の話は終わりであるが、まど・みちおさんの詩は基本的に難解である。しかし、その難解性は韜晦でも衒いでもなく、宇宙そのものの難解性に由来している。私など読む度に眩暈を感じるが、その眩暈自体、ことさらに不快なものではない。クラクラしていると気持ちが落ち着いて、場合によっては生きる力まで湧いてくる類のものだ。最近の日本の精神状況はニヒリズム全盛である。健康志向の向上に比例してニヒリズムも進行している。まわり中、みんなニヒリストだから自分のニヒリズムに気づかないだけのことだ。私はその状態からの脱出の糸口として、まど・みちおさんの詩を読み続けていきたいと思っている。

＊

前号で聴衆の笑いを取ることに失敗した話を書いたが、実は今回の講演の冒頭でもツカミとして笑いを取ろうとして失敗している。

まどさんのエピソードとして、乾杯の音頭を頼まれたまどさんが舞い上がってしまって「カンパイ、カンパイ、カンパイ」と乾杯三唱してしまった話、それから国際アンデルセン賞受賞のあと、谷川俊太郎さんがなんとか講演させようとしたのだが、まどさんは頑として拒否し、折衷案としてまどさんはステージの隅の椅子にちょこんと座ることになった。中央の演壇では谷川さんがまどさんのことをしゃべり、ときどき谷川さんが「そうですよね、まどさん」と声をかけると、まどさんがコックリうなずくというヘンな講演会のことなど話した。この様子はテレビに放映され観ていたので、その様子を事細かに話したのだが聴衆はクスリともしなかった。神秘主義について、これから語ろうとする私の顔の表情からして笑いからほど遠いものになっていたのかもしれない。

第二部　アンイマジナブルということ

三好達治「雪」の絵にもかけない美しさ

最近、絵にもかけないもの、つまり、人間の頭ではどう逆立ちしても想像できないもののことばかり考えている。想像できないけれど、確かにそれはある。あるけれど人間の思考能力を超えている。どう考えたらいいかわからないが、考えずにはいられない。堂々めぐりには違いないが、たぶんそれは私にとって大事な「労働」なのだという確信も年々強くなっていく。

（初出「未来」二〇一〇年九月号）

＊

三好達治に「雪」と題する、たった二行の詩がある。以前、所属している同人誌「ガーネット」で、この詩の解釈について読者にアンケートをしたことがある。私個人の、遊び半分の企画だったが、思わぬ反響と収穫があった。

雪

太郎を眠らせ、太郎の屋根に雪ふりつむ。
次郎を眠らせ、次郎の屋根に雪ふりつむ。

先年亡くなった詩人の川崎洋氏によると、この詩の解釈は今もって定まっていないのだと言う。自著『あなたの世界が広がる詩』の中で、氏は次のように書いている。

三好達治の詩のなかで、最も知られている作品と言えば「雪」であろう。二十七歳のとき書かれた。また、これほどさまざまな鑑賞文を引き寄せた詩も珍しい。まず、太郎と次郎は兄弟だろうか、同じ屋根の下に寝ているのか、別々の家なのか。その家が建っているのは同じ土地か違う土地か。それは都会か、村落か、町か、それぞれの鑑賞の仕方がある。さらには太郎を眠らせたのはお母さんやお姉さんだというのもある。

「ガーネット」45号誌上で募集したところ、四十名近い方から応募があった。大雑把に「太郎と次郎は同じ土地の別々の家にいる」グループ（A群）と「太郎と次郎は兄弟で同じ屋根の下にいる」グループ（B群）とに分けてみると、数的には、ほぼ同数という結果だったが、回答が自由記入だったため、面白い意見がいろいろあった。

A―一「太郎と次郎は兄弟でも特定の子供でもなく、雪国の、雪降る屋根の下に眠る子供たちであり、人々です。田舎と都会など、場所を二箇所に設定しては、この詩の良さが失われるように思います」

A―二「これはもちろん別々の家。太郎は少し大きい子、次郎はまだ小さい子。この村では、大きい子も小さい子もみんな眠ったという情景。この詩の視点を考えると、産土神、というような、こどもの誕生の時から見守っている土地の神様。自分も昔、そんな視点に見守られていたような安心と懐かしさが感じられます」

B―一「私は太郎と次郎が、なぜか同じ屋根の下に部厚いふとんを掛けて少し離れて寝ているイメージが浮かびます。でもこの詩、よく読むと文法的にはおかしいのですね」

B―二「雪は皆かくしてしまって、皆きれいに一緒だという画一的な思考をぶちこわす考え方をたった二行で行なったな、と思っているのです。つまり次郎から後も無数にいる人間の上に降り積もる雪の色が違って見えてきたのです。太郎の上に積もる雪と次郎のそれとの間に、くっきりと色の境が見えてきてしまったのです」

A群の回答とB群の回答の違いは、整った一幅の風景になっているかどうかである。A群の回答からは、点在する家々を埋め尽くすかのように降り続ける一面の雪景色が鮮やかに見えてくる。しかし、この解釈には「時間」が欠けているような気がする。詩の一行目と二行目の間には明らかに「時間の段差」が読み取れるのに、それが見落とされているのではないか。

一方、B群の回答では、風景はちょっと歪んでいるというか、抽象画のようになっている。「B―一」では「よく読むと文法的にはおかしい」と言っているが、これは同じ一つの屋根なのに「太郎の屋根」と言ったり「次郎の屋根」と言ったり、一つの屋根が二つになっているからだろう。「B―二」では、さらに二つの屋根に降る雪の色までちがっているとキュービズム風の解釈を呈示している。いずれにしても尋常一様の雪景色ではない。

さて、最後に私の解釈なのだが、A群の具象ともB群の抽象とも違う第三の視点はあり得ないだろうか。私は初めて読んだときの思い込みから、B群の立場に立つ。そして、それに、子供を寝かしつけるお母さんの視点（半分眠りかけている）を導入してみた。

「太郎」が眠りについたので、お母さんはちょっとの間、外の雪の気配に耳を澄ます。半分、眠りに落ちているお母さんの視点は、外に漂って屋根を見下ろす。これで「太郎の世界」が完成。同じように、「次郎」を寝かしつけ、また外から見下ろして「次郎の世界」が完成する。「太郎の屋根」「次郎の屋根」と、客観的には一つの屋根を二つにしたのが、この詩のミソというか三好達治のアザトイところなのだ。数式にすれば、1＝2なのだから、こんな図式は絵にすることはできない。つまり、この詩で三好達治は、お母さんと「太郎」と「次郎」の三者が渾然一体になったような「絵にもかけない」(アンイマジナブル)ような、とびきり美しい絵を描いてみせたのではないか——というのが私の解釈なのだが、さて、皆さんの解釈は？

比喩でなく、山は動いているのかもしれない

（初出「未来」二〇一〇年十一月号）

第一回萩原朔太郎賞を受賞した谷川俊太郎氏の詩集『世間シラズ』に「鷹繋山」という詩がある。詩集のなかでは、どちらかと言うと地味の部類に属する詩篇だが、以前から私はこの一篇がずっと気になっている。言葉と物との関係というテーマにおいて、谷川俊太郎という詩人の内奥の核心をさらけ出しているように思われるからだ。それはまた、言葉というもので生きている私たちすべてに関わってくる切実なテーマでもある。

からだの中を血液のように流れつづける言葉を行分けにしようとすると
言葉が身を固くするのが分かる
ぼくの心に触れられるのを言葉はいやがっているみたいだ

窓を開けると六十年来見慣れた山が見える
稜線に午後の陽があたっている
鷹繋という名をもっているがそれをタカツナギと呼ぼうと
ヨウケイザンと呼ぼうと山は身じろぎひとつしない

だが言葉のほうは居心地が悪そうだ
それはぼくがその山のことを何も知らないから
そこで霧にまかれたこともなくそこで蛇に嚙まれたこともない
ただ眺めているだけで

全五連二十三行から、書き出し三連を引用した。言葉と自分の関係がリアルで妙に生々しい詩だが、そのなかでも、いちばん気になっているのは二連目の「鷹繋という名をもっているがそれをタカツナギと呼ぼうと／ヨウケイザンと呼ぼうと山は身じろぎひとつしない」の部分だ。この部分で谷川氏は言葉を否定的にとらえ、どう言葉で言い換えたところで、いま見えている山は現にあのように疑いもなく存在していると言っている。私はここに原罪のように食い込んでいる「物質優位主義」の臭いを感じてしまうのだ。「身じろぎひとつしない」と「山」に全幅の信頼を置いているが、それは、いくつにも言い換えられるという言葉の恣意性をいま詩人は気にしていて、その関連でそう見えているだけのことではないだろうか。

余談だが私は以前、写真を趣味としていてニコンF３というカメラを使っていた。このカメラは「絞り優先型」で、絞りを固定すると露光に合わせてシャッタースピードが自動的に変化した。反対にシャッタースピード優先のカメラもあった。互いに連動する関係にある場合、どちらかを固定するから、もう片方は自動的に変化する。言葉と物の関係においても、これとまったく同じことが行なわれているのではないだろうか。

＊

犬を飼っているので、ここ十年ほど毎朝、毎夕散歩している。私が住んでいるのは群馬県の最東部で、この辺からは裾野を左右に広げた赤城山がよく見えるが、「鷹繋山」のように、この赤城山が「身じろぎひとつしない」かと言うと大違いだ。白っぽく見える日もあれば紫色のときもある。台風のあとで空気が澄んでいるときなど鮮やかな緑色になって、いくつもの小さな山が重なり合っている様をすぐ近くに見せたりする。それどころかカタチも変幻自在に変えるのである。県央の前橋市からの赤城山をときどき見るが、左右対称どころか左側だけの裾野をだらしなく伸ばしただけで見るに耐えない。あんなものは、私にすれば赤城山でもなんでもないのである。

もうだいぶ昔のことだが、ＮＨＫが「アインシュタイン」という特集番組をつくったことがある。アインシュタインとさまざまな科学者との論争を紹介した番組なのだが、その論争相手の一人、ハンス・ボアという学者は、来日して富士山を見たときの印象を「富士山は、富士山という名称は一つなのに見る場所によって形を変える。これこそ量子力学が言う〈相補性〉の最も端的な象徴です」と語っていた。赤城山という名辞があると、それに見合った実体があるはずだと長年の習性で考えてしまう。その悪癖の強い私などはそれゆえ、「正しい赤城山」を探して疲れ果てたりしているのだ。キリスト教で言う原罪、仏教で言う無明というものとも無縁ではないのかもしれない。

＊

ここまで言葉と物との関係について、どちらか片一方を固定すると、もう一方はとめどなく変化することを見てきたが、私自身と山との関係というのも実に面白い。真冬、雪をかぶった赤城山の稜線が一刀彫で彫ったように神々しく見えることがある。その姿はまさに「身じろぎひとつしない」ありようで迫ってくるが、その姿はなんと、わたしが立っている「ここ」にしかない。その証拠に、私がちょっと前に出れば、少し大きい赤城山が出現するし、ちょっと退けば、また別の赤城山になっている。これはだれでも経験する当たり前のことなのだが、考えれば実に奇妙なことだ。向こうに山があって、こっちに私がいて、という図式で考えていると頭がおかしくなる。信じられないことだが、私は赤城山に一枚からんでいるらしいのだ。

山の運歩は(中略)人間の行歩におなじくみえざればとて山の運歩をうたがふことなかれ。(中略)もし山の運歩を疑著するは、自己の運歩もいまだしらざるなり、

『正法眼蔵』「山水経」の中で「青山常運歩」という言葉を解説しながら道元という人はこんなことを言っている。そうか山は歩いていて、それがわからない人は自分の歩いていることもわからないのか。昔からこんなスリリングなことを言う人がいたとは驚きだ。なんだか、大変なことになってきた。

「殺人チューリップ」と若き日の山村暮鳥

（初出「未来」二〇一〇年十二月号）

私の郷土群馬県からは明治以降、傑出した詩人が何人も出ている。そのなかでも最も著名な二人、萩原朔太郎と山村暮鳥について二年前、「暮鳥から見た朔太郎」と題して講演を行なったことがある。その講演のなかで私は、朔太郎をイマジニストと呼び、暮鳥をシュールレアリストと呼んだ。必ずしもシュールレアリスムの厳密な定義と歴史を知る者でないが、言葉と人間というテーマに身体ごとぶつかっていく姿勢に、アンドレ・ブルトンなど当初のシュールレアリストが放っていた荒々しさと底抜けの馬鹿馬鹿しさを暮鳥に感じたからである。

囈語

竊盗《せっとう》金魚

強盗喇叭《がうたうらっぱ》
恐喝《きょうかつ》胡弓《こきう》
賭博《とばく》ねこ
詐欺更紗《さぎさらさ》
瀆職天鵞絨《とくしょくびろうど》
姦淫林檎《かんいんりんご》
傷害雲雀《ひばり》
殺人チューリップ
堕胎《だたい》陰影
騒擾《さうぜう》ゆき
放火まるめろ
誘拐《いうかい》かすてえら。（引用は中央公論社刊『日本の詩歌・13巻』による）

暮鳥と言えば「たっぷりと／春の河は／ながれてゐるのか／ゐないのか／ういてゐる／藁くづのうごくので／それとしられる」（「春の河」）や「おうい雲よ／ゆうゆうと／馬鹿にのんきさうぢやないか／どこまでゆくんだ／ずつと磐城平の方までゆくんか」（「おなじく」）など、晩年の平易な詩がよく知られるところだが、若いときの暮鳥はこんな変テコな、シュールっぽい詩を書いていた。そう言えば、この詩を収めた詩集『聖三稜玻璃』には「いちめんのなのはな」を何回も繰り返す「風景」という詩も入っているが、いまで思えば、あの詩もかなり大胆なものだった。

それはそれとして、この「囈語」という詩をどう読んだらいいものだろう。同巻の解説で伊藤信吉氏は「人間のさまざまな罪を上段に数えあげ、それに対応する感覚物を組み合わせていったところ、ただの思いつきに止まるものでなく、やはり聖職者として詩人としての暮鳥の二重人格性を深く刻印しているだろう」と書いている。「ただの思いつき」でないことは確かなのだが、それでは暮鳥はこの詩で何を言おうとしたのだろう。

私なりの考えでは、暮鳥は何かを言おうとしたのではなく、何も言いたくないということを書こうとしたのではないだろうか。つまり、言葉を壊そうとしたのではないか。私の想像では、若いころの暮鳥のなかでは、いくつもの重い言葉がうなりを上げて走り回っていた。それで暮鳥はその言葉からのがれるため言葉と言葉を衝突させようとした。そういう生理的欲求が、この詩を書かせた。まるで、スピルバーグの『激突』のクライマックスで主人公の男が逃げるのを諦め、追走してくるタンクローリーと自分の車を激突させたのと同じような絶望的な激しい衝動である。

深い絶望のなかで、「姦淫林檎」とか「殺人チューリップ」という言葉を置くとき、暮鳥はたぶん強い快感を覚えたはずだ。上の二字が下の言葉を修飾しようとするかに見えて、していない。下の言葉が上の二字の述語として従おうとするかに見えて、従っていない。この詩のポイントは「殺人」と「チューリップ」を離さず、「殺人チューリップ」と一息につなげたことにある。そうすることで、「殺人」も「チューリップ」も、ともに意味が消えた変テコな地平へ暮鳥は出ることができた。そんなふうに私には読み取れる。その後、暮鳥の詩はさまざまに変遷して晩年に至るが、このときの暮鳥には、意味やイメージを持ち過ぎた言葉への激しい不快感が確実にあったのだと思われる。

伊藤信吉氏の同巻での解説によると、暮鳥はキリスト教の伝道師であったにもかかわらず、「荘厳なる苦悩者の頌栄」と題する千三百行にも及ぶ長詩を書き、そのなかでなんと「この人間の世界から／あなたを追放する時です」と神の追放を宣言し、「真のあなたである神様／理想としての神様／それをわたしはわれわれ人間にみつけました」と書いているのだと言う。暮鳥にとって、アンイマジナブルでなくイメージの付着し過ぎた神、あるいは神と人間という古くさい図式が、よほど我慢のならないものとなっていたようだ。

＊

晩年、朔太郎は『氷島』をまとめ、暮鳥は死後、『雲』を刊行している。朔太郎はその序文で、自分の詩は悲哀者の「慰め」であればいいという意味のことを書いている。それに対して暮鳥は「詩が書けなくなればなるほど、いよいよ、詩人は詩人になる。だんだん詩が下手になるので、自分はうれしくてたまらない」という驚くべきことを書いている。

だあれもゐない
馬が
水の匂ひを
かいでゐる

暮鳥の「馬」という詩を読みながら、文化過剰国日本の現在にいて、朔太郎の晩年と暮鳥の晩年をつくづくと考えてみた。

つるん、つるんの朝、昼、夜

（初出　「未来」二〇一一年一月号）

今回は「時間」について考えてみる。

もう六十年以上昔のことだが、子供のころの修学旅行は、ほんとに楽しかった。前の晩、布団に入って、早く「明日の朝」が来ないかとワクワクしながら待ったものである。ところが目が覚めると、思っていた「明日の朝」ではなく、全然別の今日という朝が始まっていて、なんだか妙な感じがしたのをいまでもよく憶えている。

「比喩でなく、山は動いているのかもしれない」（一〇三ページ参照）のなかで私は「いま見ている赤城山は、ここにしかない」と書いたが、これとまったく同じことが「時間」のなかでも起こっている。「明日の朝」は少年が思っている、その時にしかない。「空間」も不思議だらけだが、「時間」だってそれ以上に十分に神秘的だ。

*

童謡「サッちゃん」の作詞や評伝『まどさん』などで知られる阪田寛夫氏の『ほんとこうた・へんてこうた』(大日本図書)という詩集に次のような詩があった。

あさ・ひる・よる

あさのつぎの
ひるのつぎの
よるのつぎの
あさのまえの
よるのまえの
ひるのまえの
あさがきました
おはよう

あさのつぎは　ひるでしょ
ひるのつぎは　よるでしょ
よるのつぎは　あさでしょ
だけどつぎめが　みえません
つるんつるんの　まいにちの――

あさのつぎの
ひるのつぎの
よるのつぎの
あさのまえの
よるのまえの
ゆうがたですよ
いい日ね

朝が来て、夜が来ての一日の「取り留めなさ」をコミカルに表現しているようにも見えるが、それだけの簡単明瞭な詩ではない。一連と三連を読んでいると、「時間」が行ったり来たりして、ちょっと目まいもしてくる。それよりもっとオソロシイのは「だけどつぎめが　みえません／つるんつるんの　まいにちの――」の二行だ。「あさのつぎの」「ひるのつぎの」と次々に朝、昼、夜が押し寄せてくるが、実際は「つるんつるん」で、「つぎめ」がないというのだ。「つぎめ」がないとなると、「あさ」と「ひる」と「よる」の関係をどう思い描いたらいいのだろう。「天衣無縫」という言葉も、そもそもは天人の衣には縫い目がない、という意味深長な言葉だったらしい。そのように、「時間」にも「つぎめ」がないと阪田氏は言っているのだ。

思い出の「一コマ」なんて言葉があるから言うわけではないが、私たちの思考の習性は一日一日、一瞬一瞬を一つのコマとして捉えているのではないだろうか。いくつものコマが集まって全体の「時間」になっている。そのコマという静画が連続して流れることで動画になっている。こんなふうに私たちは「時間」を考えているのではないか。それゆえに時制を思い浮かべるときにも、漠然とながら現在の前に過去を置いたり、現在の後に未来を置いたりしている。これには「言葉」というものの作用も多分に影響しているはずだ。「言葉」によって「言葉」と、もう一つの「言葉」との関係を、私たちは知らず知らずに図式化して、それで理解できたと思っているらしい。

本来は「つるんつるん」で、手のつけようもなかったものを「空間」と「時間」の二つに分けてしまったことが、そもそも間違いの始まりなのかもしれない。そのあとでは「時間」は、あたかも目に見えるがごとくに「空間」の上を進むしかない。これらは言わば堕落した、あるいはあまりにも人間化されたあとの「時間」である。芭蕉の「月日は百代の過客にして、行き交う人もまた旅人なり」の名文句は、このへんの「時間」と「空間」の関係を鮮やかに写し取っているが、その美文調に目が眩んで、そのことの問題点を指摘する人はほとんどいない。厳密に考えると日本古来の「無常の美学」というものも、かなりいかがわしいと言わざるを得ない。

*

文芸評論家の小林秀雄は「モオツアルト」のなかで「僕等の人生は過ぎて行く。だが、何に対して過ぎて行くというのか。過ぎて行く者に、過ぎて行く物が見えようか。生は、果たして生を知るであろうか」と言っている。小林の言うように、空間が固定されているからこそ、「時間」が動いているように見えているのかもしれない。「諸行無常の響きあり」と言うが、果たして何者が動き、何者が変化しているのか。

大乗経典の一つ『金剛般若経』に「過去心不可得、現在心不可得、未来心不可得」という言葉がある。過去も現在も未来も「つるん、つるん」で捉えられないというのだ。ちょっとでもカタチのようなものが出てきたら、それはもう堕落したあとの、人間化されてしまった「時間」であると知るべきだ。

「人間業」でないものがズボンからはみ出していく

（初出　「未来」二〇一一年二月号）

今回は私たちにいちばん身近な、自分のカラダの不思議について書いてみる。

人間のカラダのなかには無数のメカニズムの網がはりめぐらされていて、それに対して医学の研究も日進月歩で進んでいる。不思議だらけのメカニズムの解明に医学の研究は日々怠りないが、私の言う不思議は、そういういずれは解明されるかもしれないような類のものではない。いくら考えても、決して解明されることのない種類の不思議である。前回の「つるん、つるんの朝、昼、夜」のなかで私は「時間」が内包している「つぎめなし」の原理について書いたが、この原理は私たちにとっていちばん身近な、このカラダのなかにも生きている。

＊

先日も絵本出版の編集者と次回のテキストの打ち合わせをしていて、カラダというものが、いかに不思議なものかを例を出して話した。例えば指であるが、この指というものはどこから始まって、どこまでが指なのだろうか。手の甲とか手の平というものもあるが、指と手の甲、指と手の平の間にはどんな「つぎめ」もないのだ。だから、指は手の平を通り、腕を通り、上半身を通り、反対側の肩を通り、腕を通り、手の平を通って、反対側の指につながってしまう。

これが指、これが腕、これが全身と限定できないのだから、場合によっては「小指は全身である」という言い方だって、できなくもない。いつも行く水泳教室のベテラン女性インストラクターは「足が両脇から伸びているつもりで、大きく、しなやかに」とか「腕で泳ぐのでなく、肩甲骨で泳ぎなさい」とか毎回、大声で叫んでいるが、考えたら、あながち理不尽なことでもないのかもしれない。

そんな変テコなことばかり考えながら新川和江さんの『生きる理由』という詩集を読んでいたら「弱い目」という、ちょっと不思議な詩に出くわした。人間のカラダは日々成長していくが、なぜその成長の瞬間は見えないのだろう、という詩だった。少し長いので、その詩の二連から四連まで紹介してみる。

四六時中子供は母親のそばにいる

絵本をよんで
積木をつんで
にもかかわらず
不思議な現象が頻々として起きる
曰く　ボタンがはまらなくなったり
曰く　ズボンがみじかくなったり
なぜ　とらえることが出来ないのか
幼い息子が
母親の眼をかすめて
ズボンからはみ出していく瞬時瞬時を

きっと誰かが
大きな〈手〉で
すばやく起重機を動かし空を侵してしまうのだ
子供をゴムしんこみたいにひっぱるのだ
子供が時々原因不明の熱を出すのはそのせいだ

その〈手〉を
更にすばやい視線の投げ縄で
からめるとることが出来ない
人間の眼　疲れやすい眼

新川さんの詩風は卓越した比喩と抑制の効いた表現で、生と死の深みから人間の暮らしを真摯に見つめ返してくるのが常だが、この詩のように、ときに得体の知れぬ原初の地点から言葉を吹き上げてくることがある。この詩の場合、その瞬間を見せずに、「つぎめなし」で成長していく様子に、新川さんはタジタジとなっている。「人間の眼」では見えないのだから、わが子が成長していくことは、これは「人間業」ではないことに新川さんは薄々気がついている。

次の「髪」（引用は二、三連のみ）という詩を読むと、新川さんはそのことを、もっとはっきりと書いている。

私のものなのだろうか　これは
私が眠っているときにも

目がさめて　悲しんでいるときにも
伸びやまぬ　このしぶとい草は

生えているのは
まぎれもなく私の土地だが
栽培主は私のあずかり知らぬ場所にいて
夜昼眺めているような……

聖書に確か「あなた方の髪の毛一本一本まで神に数えられている」という意味の言葉があった。その「人間業」でないものがいま、わが身で繰り広げられていることに新川さんは驚き、そして畏れているのだ。

＊

ロシアの玩具にマトリョーシカというのがある。少女の形をした木製のお人形で、お腹のところをキュっとまわすと中から同じ形をした少し小さいお人形が次々と出てくる。子供の成長が「人間業」でないことを知るには、このマトリョーシカと本物の子供を比べてみるのが、いちばん手っ取り早い。

いま、ここに五歳の女の子がいるとして、その女の子のお腹の中には四歳のときの女の子、三歳のときの女の子はもちろん入っていない。でも確かに、女の子は四歳のときもあり、三歳のときもあった。では、そのときの女の子はいま、どこへ消えてしまったのだろうか。いくら考えても答えは出ない。「つぎめ」もなく成長するということの空恐ろしさが、ここにある。

植物は「いつのまにかの　まほう」で大きくなる

（初出「未来」二〇一一年三月号）

前回、生きものの成長が、どうも「人間業」ではないことを人間のカラダにおいて検証してみたが、今回はそれを植物の成長において見てみようというもので、テーマとしてはまったく同じである。同じことを何回も繰り返して、少々ウンザリだと感じられる向きもあるかもしれないが、私はあるとき卓上の鉢植えの花を見ることで、ものの見方がガラリと変わったという経験がある。花から木へ、木から動物へ、動物から人間へ、人間から死へ、死から宇宙へと私の新しい考え方は展開していった。その意味で植物の成長については、どうしても一度、書いておかないと気がすまないのだ。

私が住んでいる群馬県に堤美代という詩の書き手がいる。現代詩の世界では珍しく、自己の感情よりも、その奥にある「魂」のようなものにいつも関心を向けている人だ。昨年一月には、六冊目の詩集『百年の百合』（榛名まほろば出版）を出した。その中に「ぶどう」という作品があるが、この詩のテーマは私が卓上の花に見出したものとまったく同じである。こんなアホなことを真面目に考えるのは自分だけかと思っていたが、アホはどこにでもいるものなのだ。

物置小屋の軒下のぶどうが
いつのまにか　ふくらんだ

ぶどうが　昨日より今日
さっきより　いま
大きくなる瞬間を見てみたいね　と
樹木医を目指す
カトウ君に言ったら
――それは神様のなさる仕事なのでは
ないかしらね　と　一言

ひすい色が薄紫に変わる秘密が見たくて
小半日、ぶどうの下にしゃがんだ

〈けして　見てはなりませぬ〉と言ったのに
機織り座敷の障子を開けて
中をのぞいてしまった男が
大切なものを失くしてしまう
「鶴女房」という
昔話があったけれど

詳細は省くが堤美代さんと親しく話をするようになったのは稀代の哲学者池田晶子を介してのことだった。ときどき会っては哲学や宗教の話をするのを互いに楽しみにしている。先日も会って「ゾウが大きいのは私のせいかもしれないよ」と、いつもの珍説を披露したら堤さんは目を白黒させていた。

余談はともかく堤美代さんはこの詩で、「ぶどう」というものの丸みが「つぎめ、なし」のまま大きくなっていく不思議にはっきり気づいている。そして、そのことに「見てはいけないもの」を見てしまったような胸騒ぎを感じている。「つぎめ、なし」で物事が進んでいくとき、従来、当たり前として考えてきた世界の図式が消え、世界が実に、取り付く島のないノッペラボウへと変質して行きそうな不安を強く感じたからである。

*

五年ほど前に私は福音館書店から絵本『いつのまにかの　まほう』（文担当。絵は小野かおる）を出した。女の子が朝顔の観察をしているのだが、見ているときには朝顔は決して大きくならない。そのくせ二、三日見ないでいると、いつの間にか大きくなっている。そのことを不思議に思っている少女に、お母さんが最後に「あさがおさんは、い・つ・の・ま・に・か・の　まほうで　おおきくなっているんですよ」と話してやるというストーリー。こんな哲学的な話、子供にわかる訳ないよなーと思いながら書いた割には、子供からもお母さんからも結構、反響があった。まだ手にしてないが、韓国版も出たような話だ。

その絵本の「作者のことば」で私は次のように書いた。

人間に限らず、その他の動物でも植物でも、何かが成長していく様子は実に不思議なものです。私が強くそう思うようになったのは十年ほど前、鉢植えのマーガレットの花を見てからです。（中略）見ているときはちっとも大きくならないのに、いつの間にこの花は大きくなっているんだろうと、マジマジと花を見つめたことをよく覚えています。それ以降、すべての生きものが、それまでと全く違ったものに見えてきました。成長が速いとか遅いとかの問題とは別に、生きものが成長することの中には何か大きな「秘密」があるような気がします。

それから十五年。花も人間のカラダもどんどん変質して、極論すると花の存在自体が怪しくなってきた。花は、花自体存在しないことを示すためにそこにある——そうとしか言いようがないようになってきた。

平成八年に岩波書店から刊行された『新約聖書　福音書』（新約聖書翻訳委員会訳）の「マタイによる福音書」を読んでいたら、いわゆる山上の垂訓の場面でイエスが「野の草花がどのように育つか、よく見つめよ」と語っていた。昔読んだ『聖書』では確か「野に咲く花を見よ」と、そっけなかったように記憶している。「どこまで原文への忠実さを貫き得るか」を意図したと本書の「訳者の言葉」にあった。もしかしてイエス・キリストという男も、花の「秘密」に気づいていたのではないか——そんな過大な期待も広がってくる。

右足が左足を、左足が右足を動かしているのか

（初出「未来」二〇一一年四月号）

今回のテーマは「歩く」ということの不思議である。前回は植物の成長、前々回は人間のカラダの成長と、概して垂直に伸びるものにおける「つぎめ、なし」を見てきたが、今回はそれを水平に動くもののなかに見てみることにする。

私が大学生のころだから、もう四十年以上も前のことだが、詩人の関根弘氏の講演を大学の教室で聴いたことがある。六〇年安保の三、四年後で、政治に関する話が中心だったが、関根氏がそのなかでギリシャ神話に出てくるような変テコな話をした。それは、ある屈強な兵士が敵の建物の地下室に爆弾を仕掛けに行く話で、爆弾を仕掛け、点火して全速力で階段を駆け上っているとき、ふと自分の足が目に入る。右足と左足が猛烈なスピードで動いていて、これはなんだろうと考えているうちに動けなくなり、自分の仕掛けた爆弾で死んでしまうという話だった。

この話が最近、急に気になり出して、あちこち友人に訊きまくった結果、フランスの作家ジャン・コクトーの「三銃士その後」という短篇が出典で、爆弾を仕掛けたのは三銃士の一人ポルトスという男であることもわかった。友人によると小説の最後は「それはポルトスという男が人生で初めて行なった思索というものだった」という意味の文章で結ばれているとのことだが、ポルトスという男は自己の死を賭して、そこで何を見、何を考えたのだろうか。私流に考えれば「右足を動かしているのは誰？」「左足を動かしているのは誰？」――ポルトスは急に、そのことの不思議に気づいたのではないだろうか。

＊

私も犬の散歩の途中、四、五歳の子どもが手をつないで歩いているのを見て、訳もなく見とれることがあるが、人の親にとって最も感動的なのは、わが子が初めて歩き出したのを見たときの瞬間だろう。神奈川県相模原市在住の詩人・金井雄二さんの詩集『今、ぼくが死んだら』（思潮社）に「黄金の砂」と題する次のような詩があった。

二本の足で

自分の体をささえる
右足を前におくりだす
左足を前にあずける
そうしてほんの少し移動する
右手が宙に浮く
左手が空をきる
バランスをとっている
頭がおもい
数メートルで尻をつく
見あげる
ぼくの顔を見ている
眼があう
その眼がほそくなり
前歯二本がまぶしい
座りこんだまま
ふいに

手を砂にうずめる
指がなくなる
手の甲も見えなくなる
やがて小さな握りこぶしがあらわれる
ふたたび
二本の足で
ようやく自分の体をささえる
右足を前におくりだす
左足を前にあずける
手が握られているので
よろけそうになる
握っていた手をさしだす
ぼくは彼の眼を見ながら
ありがとう
と言って黄金の砂をもらう

歩き始めたばかりの幼児がヤットコ、ヤットコ歩く姿を金井さんはまるで一コマ、一コマを刻印するかのような書きぶりで描写していく。右足を出し、左足を出していく幼児がスローモーションの映像を見るかのように、こちらに向かってくる。わが子のかわいさを父親の目で凝視しているのだが、それを通り越した「歩けることの不思議さ」まで見えてくる。わが子の歩く姿から、わが子ならぬ神々しいものまで見えてくる。父親の目と同時に詩人の目がそこに見事に働いているからだろう。

*

人間は人形ではないから、「右足」は「胴体」にはめこんだものではない。もちろん「左足」も同様。「右足」と「左足」と「胴体」の間にどんな「つぎめ」もないのだから、「胴体」が「右足」と「左足」を動かしているのでもなければ、「右足」が「左足」を動かしているのでもない。もちろん、操り人形みたいに誰かが上から紐で操っている訳でもない。
「私が歩く」と言うと、まず「私」というニュートラルなものがあって、それが「歩き」を始めるかのように錯覚しがちだ。しかし、「私」と「歩く」の間には、どんな「つぎめ」もない。大乗仏教の基礎理論をつくったと言われるナーガルジュナ（龍樹）の主著『中論』（中村元訳）に

「〈現在去りつつあるもの〉（去時）も去らない」という言葉がある。平たく言えば「歩く人は歩いていない」だ。ポルトスのように自分の仕掛けた爆弾で爆死しないためには、ときどき『中論』でも引っ張り出して、その強烈な逆説により言葉というものの欺瞞性に目覚めていくしかない。

宇宙は丸くて一つ、なんて思っていない？

（初出「未来」二〇一一年五月号）

連載も終わりに近づいてきたので今回は私の最大の関心事である「宇宙」について考えてみる。「宇宙」と言っても、太陽系とか銀河系とかビッグ・バンとかいった類のものではない。ビッグ・バンを漠然と「信仰」している方も多いと思うが、ビッグ・バンが「宇宙」の始まりといっても、その前には何かが必ず存在していたはずで、以前も以後も、それらすべてを含めた全体（この表現は穏当ではない。何かをイメージしそうだ）という意味の「宇宙」である。「宇宙」と言い出したとき、どんな広がりのイメージも出てこない、そんな意味での「宇宙」である。

このような「宇宙」を語るのに最適な詩人がいる。惜しくも先年逝去された宗左近という詩人である。宗左近と言うと、東京大空襲で母上を連れて逃げ惑いながら、その母上の手を離してしまった自責を絶唱した『炎える母』という詩集が有名なのだが、その反戦詩人の精神の内奥には途方もない「宇宙」が誕生していたのである。誕生の詳しい経緯は知るところではないが、その「宇宙」の狂おしさ、激しさ、斬新さにおいて他に類を見ない。谷川俊太郎氏に高名な『二十億光年の孤独』という詩集があるが、あのスタティックで整然とした「宇宙」と正反対の位置にあるものと考えれば、いちばんわかりが早い。

私と宗左近という詩人の交流は氏の晩年三、四年のことだった。突然、最新詩集『水平線』の贈呈を受け、その書評を「左岸」という雑誌に書いたのが始まりだった。その『水平線』のなかに「運動」と題した次のような詩があったので一部を紹介してみる。（原典では行間が少し開けてある）

おお　運動だって　停止だから
　停止だって　運動です
ほら　雲
　停止しながら　運動する
　運動しながら　停止する
でも　なぜなのか
　きっと

この宇宙とは　あの宇宙なのだから
あの宇宙とは　この宇宙なのだから
　　　そうですとも
この地球のなかで
水平線だけは　知っている
この宇宙は
この宇宙でないことを
どの宇宙も　どの宇宙でないことを

私の大学のときの友人で、仏文専攻のくせに『臨済録』（臨済宗の祖・臨済義玄の言行録）などを好んで読む者がいる。先日も電話で「臨済の真髄がわかった」なんて言ってきたので、「それでは訊くが、君は宇宙は丸くて一つ、なんて思っていない？」と質問してみたら「だって、それ以外考えられないだろう？」という答えだった。

もし生前、宗左近氏に同じ質問をしたら、氏はどう答えたろうか。「宇宙というとき、大きさとか、空間とか考えてはダメだ。『この宇宙は　この宇宙ではない』。人間の考える宇宙のイメージは全部、タワゴトだ。本当の宇宙はイメージすることも数えることもできない。そもそも宇宙には座標軸がないんだから雲だって『停止しながら運動する』とでも言うしかないんだ」。こんなことを氏は言い出すような気がしてならない。

宇宙は
宇宙の死よりも大きいのだろうか
小さいのだろうか

宇宙の死のそとに出たら
そこは　宇宙のむこうだろうか
まだ　宇宙のこちらだろうか

その後戴いた『宗左近詩集成』に、ズバリ「宇宙」という詩があり、そのなかでこう書いていた。「宇宙」と「宇宙の死」を比べることは「空間」と「時間」を比べるようなものである。ついに変テコの思考ここに極まれり、という感もあるが、敢えて反語的にこう言い出すことで、「空間」と「時間」は本当は別々のものではないよ、と言おうとしているのかもしれない。

＊

宗左近氏は晩年、一行詩に似た「中句」（現代詩と俳句の中間の意味だという）というものを書いていた。中句集も『蜃気楼』『星月夜』『不知火』と三冊出し、巻末の「覚書」（あとがき）では毎回、「当方、ますます、死生混沌の日々を送っています。その惑乱の宙宇の光に目を見はるのが私の仕事です」と書くのが常だった。死後、奥様の書かれた看病日誌によると、宗左近氏は死の床でも中句を作り続けたという。その中句をいくつか紹介し、「宇宙」はもとより、その「宇宙」を思い続けた宗左近という詩人の途方もなさに思いを致しながら本稿を閉じる。

宇宙は無定形　鳥の水平に飛べぬ悲しさ

○

宇宙にない宇宙の芯　月一光

○

裏のない鏡　表のないガラス　宇宙

○

遠い　近い　裏なくて表ないから宇宙

○

雲のない空　空のない雲　そんなのない　こんな

○

ええ　物質が精神になるあたりの半透明　蜃気楼

吉本隆明は宗教オンチなのか

（初出「未来」二〇一一年六月号）

松本サリン事件が平成六年、地下鉄サリン事件が平成七年だったろうか。オウム真理教による一連の事件には心底驚いたものだが、それ以上に驚いたのは戦後思想界の大御所・吉本隆明氏が教祖・麻原彰晃の擁護発言を展開したことだった。何を血迷ったか、と私などは当初から監視の目を光らせ続けたのだが、さらに驚いたのは吉本氏の発言に異議を唱えたり、その発言を検証してみようとする人も皆無だったことだ。私は現代詩というものに関わる者であり、吉本氏は、その現代詩の世界でも大御所であるが、少なくとも現代詩の世界では正面切って反論する者は皆無に近かった。一般言論界では先年亡くなった哲学者の池田晶子女史が『メタフィジカル・パンチ』（文春文庫）で吉本隆明の思想全般を激しく批判しているのを除いて、ほとんどの論者が沈黙を守ってきた。吉本氏を恐れてというのでなく、批判しようにも、そのための宗教理解の不足によりできなかった――というのが実状だったのかもしれない。その土壌の点検も含めて吉本隆明という言論人の宗教観を徹底的に見直してみる必要があるような気がする。

＊

私が吉本氏の麻原擁護発言を初めて知ったのは産経新聞（夕刊）が平成七年九月五日から四回に分けて連載した宗教学者・弓山達也氏との対談「吉本隆明氏に聞く」であった。この対談の中で吉本氏は次のような迷言を連発していた。

うんと極端なことを言うと、麻原さんはマスコミが否定できるほどちっちゃな人ではないと思っています。（中略）僕は現存する仏教系の修行者の中で世界有数の人ではないかというくらい高く評価しています。

僕は『生死を超える』という本は『チベットの死者の書』や仏教の修行の仕方を説いた本の系譜からいえば、相当重要な地位を占めると思っています。あそこまで言ってしまったら仏教の修行の秘密や秘密めいたところが何もなくなってしまいます。つまり、相当な人でないとここまでやれないよ、と思うのです。

この対談には夥しい読者の反論が寄せられた。中には「私には麻原と同じレベルの狂人的な学者としか思えません」というのもあったが、吉本氏には自説を曲げる気配などさらさらなかった。それどころか、この年の十二月に出た『尊師麻原は我が弟子にあらず』(吉本隆明他著、徳間書店)では、より詳細に麻原の宗教体験を語り、その瞑想の凄さを称えたりもしている。

つまり如何に修練して死を作り出すかということが、ある程度大きな意味を持つと思います。つまりヨーガは究極するところ、死を人工的に作れるところまで修練をする。(中略)そういうふうに死を人工的に修練によって作れるようになりますと、あらゆる仏教がそうであるように、死後の世界は在るという理屈になります。ちゃんとイメージできるんだから実在するという理屈になります。そうして実在の死の世界、あるいは死後の世界に自由に、というか人工的にいつでも行けるということになります。

「死を人工的に作れる」とか「死後の世界に自由に」行けるとか、スゴイこと言ってますね。ところで作家の司馬遼太郎氏(作家になる前、宗教担当の記者だった)は「座禅をしていると、極度の神経集中のせいで、この世ならぬ幻想がいろいろ見えてくることがある。しかし、禅の世界では昔から、それらを魔境と呼んで深入りしないよう注意してきたという伝統がある」とオウム事件にふれて書いていた。私など、麻原のヨーガなんてこの「魔境」を悪用しているだけのエセ宗教者に過ぎないと思っているのだが、宗教的素養に全く欠ける（つまり宗教オンチ）吉本氏はコロリと騙されてしまった。

しかし、言論界の大御所・吉本隆明ともあろう人が、なぜにも簡単にコロリと騙されてしまったのか。少しく愚見を披瀝してみるならば、『新・死の位相学』（春秋社）などを読むと、吉本氏にはどうも「輪廻転生」の思想を信じたがっているフシがある。そもそも釈迦が言い出した仏教は、この「輪廻転生」から自由になり解脱することを基本教義としているのに、正反対のことを主張しているのだから最初の一歩から間違ってしまった。初めの一歩が間違ってしまったのだから麻原擁護というグロテスクな結論に至るのも当然と言えば当然のことだったのだ。

もう一つの原因として考えられるのは吉本氏の言語論である。中島義道という哲学者の本『哲学者のいない国』（洋泉社）の中で中島氏と対談した哲学者・大森荘蔵氏は「ヴィトゲンシュタインがたびたび注意するように、ひとつの名詞があると、何かその名詞に名指しされるものを考えがちなことは確かです」と言っている。どうも、このような素朴な言語論が吉本氏の中で信じられているような気がする。確かに「往相」とか「還相」とかの仏教用語はある。鈴木大拙という禅者は「浄土は往ったら、すぐ還ってくる場所である」ということをよく言う。しかし、これは実際に「浄土」というものが在って、そこへ往ったり、そこから還って来るという意味ではない。常に仏は衆生の悩みとともにあるという大乗仏教の菩薩行を比喩的に言っただけのものである。前出の哲学者・池田晶子女史は『人生のほんとう』（トランスビュー）の中で「本当は、言葉は、それが『ない』ことを言うためにあるものですが、ほとんどの人は言葉で語られると、それが『ある』と思ってしまう」と言っている。吉本氏も、少しはこういう言語論に親しんでいれば、世紀の大迷言を残すこともなかったのにと残念でならない。

（追記）昨年の七月、麻原彰晃は十二人の弟子たちといっしょに処刑された。もし存命だったら吉本隆明氏はこの処刑についてどうコメントしただろうか。聞いても仕方なかったことだが、聞いてもみたかった。いずれにしても吉本氏が麻原彰晃の最期を見届けることができなかったのは残念なことだった。

いま、『般若心経』が面白い

（初出　「未来」二〇一一年七月号）

このところ仏教の専門家でない人たちによる『般若心経』の解説本が次々と刊行されている。新しいところでは詩人の伊藤比呂美氏の『読み解き「般若心経」』（朝日新聞出版）が評判を呼んでいるし、同じく詩人の八木幹夫氏は『日本語で読むお経』（松柏社）、作詞作曲家で「千の風になって」の訳者・新井満氏は『自由訳般若心経』（朝日新聞社）、生命学者の柳澤桂子氏は『生きて死ぬ智慧』（小学館）、そして漫才師・笑い飯哲夫氏は『えてこでもわかる笑い飯哲夫訳般若心経』（ヨシモトブックス）という具合である。逐語的な現代語訳もあれば完全な意訳もある。みな思い思いに『般若心経』に取り組んでいるのが、なんとも楽しい風景になっている。

色不異空
空不異色

色即是空
空即是色

「般若心経」は短いお経とは言え二百六十二文字ある。五氏の訳を全編紹介するスペースはないので、この四つの語句に絞って各氏の訳を比較して読んでみることにする。

「ある」は「ない」にことならない
「ない」は「ある」にことならない

「ある」と思っているものはじつは「ない」のである
「ない」と思えばそれは「ある」につながるのである

これは詩人の伊藤比呂美さんの訳。「色」を「ある」、「空」を「ない」と大胆に単純化した。すっきりしているが、これでは肝心の「空」の意味が出てこないだろう。もう一人の詩人・八木幹夫氏は「空」はそのまま「空」としているが、「色」を「肉体」と訳している。「空」は肝心の自分のことだと注意を喚起しているのが斬新だ。漫才師・笑い飯哲夫氏の訳は「色」を

「物質的現象」とし「空」を「実体がない」としている。悪くはないが、優等生的答案で面白みに欠ける。

いちばん注目したのは新井満氏の訳と柳澤桂子氏の訳。両者とも大胆に意訳しているのが特徴だが、前者は「時間」の視点から、後者は「空間」の視点からそれぞれ「空」を究明しようとしている。新井満氏の訳は次のようなもの。

この世に存在する形あるものとは、
喩えて言えば、見なさい、
あの大空に浮かんだ雲のようなものだ。
雲は刻々とその姿を変える。そうして、
いつのまにか消えてなくなってしまう。

このあと新井氏は「永遠不変などということはありえないのだ。／すべては固定的ではなく、流動的なのだ」と続けていて、無常とか「もののあはれ」の好きな日本人好みの解釈をしている。この解釈の弱点は、雲の変化に注目するあまり「あの大空」の方は不問に付し、固定的なものにしてしまっていることだ。道元禅師「現成公案」のなかの「一方を証するときは一方はくらし」という言葉を思い出してしまう。

これに対して柳澤氏の訳は「空」を分析的に、すべての固体を粒子という単位から見ていこうとしている。

宇宙では
形という固定したものはありません
実体がないのです
宇宙は粒子に満ちています
粒子は自由に動き回って形を変えて
安定したところで静止します

「色即是空」の、いかにも科学者らしい解釈だが、この説の弱点は「粒子」そのものを不問に付していること。そのことにより「空」が実際ではなく、イマジナブルな一つの喩えになってしまっている。因みに、笑い飯哲夫氏は「粒子」の代わりに「液状のドロドロ」を持ち出してきて説明しているが、比喩になっていることに変わりはない。

＊

最後に愚見を少しく開陳してみるならば、「色即是空」をなぜ、すぐ次で「空即是色」とひっくり返しているのかに私は注目している。

「色」は「空」であると言うと、まず「色」(物質)が前提として存在していて、その性質が「空」だということになってしまう。「空」はそういうことではないよ、と言いたくて『般若心経』では、「空即是色」とひっくり返しているのではないか。別の部分でも「無無明亦無無明尽」(無明もないし、無明が尽きることもない)とか「無老死亦無老死尽」というように、ある種のひっくり返しを行なっている。道元も「身心脱落」と言ったあと「脱落身心」とひっくり返している。この辺に、何かカギがあるのではないか、と愚考を続けている。

＊

「不生不滅」。最近、『般若心経』の、この言葉が気になっている。「不生」の主語、「不滅」の主語とは何か。「宇宙」はアンイマジナブルで、場所とはなり得ない代物だ。「宇宙」という、生まれてくるための場所がないから「不生」と言い、「宇宙」という、死んだ後に残る場所がないから「不滅」。「般若心経」は単純に、そう言っているのではないか。

「妙好人」と呼ばれる人たちがいた

（初出「未来」二〇一一年八月号）

昭和の初めのころまで、わが国には妙好人と呼ばれる人たちがごろごろいたらしい。妙好人とは浄土系仏教の篤信家のことで、平たく言えば越後の良寛さんを僧侶でなく、一般庶民にしたような人たち。その生き方は良寛さんのように自由で純粋だった。ちょっと前まで、こういう人たちがいたということは私にとって大きな驚きである。

同時代のその地方ではかなり異色の人たちだったらしく、その言行録がいくつも残っている。ほとんどの妙好人は無学で文盲に近かったから、死後、その地方の人々がまとめたものだろう。江戸時代の末期に僧侶がまとめた『妙好人伝』には百五十七人もの妙好人が記録されているとのことだが、明治以降に亡くなった者だけでも因幡の源左（昭和五年没、鳥取県）、物種吉兵衛（明治十三年没、大阪府）、三戸独笑（昭和十九年没、広島県）など多数の記録が残されている。妙好人の研究家・楠恭氏は、「妙好人は決して単なる有難屋ではないんであって、実に凄い、これこそ人間の本当の生き方だということを知らせてくれる人ですよ」(『妙好人の世界』)と言っているが、相変わらず西洋一辺倒のわが国の言論界にあって、このような人たちがいて、その人たちを敬愛する風土がかつてあったことを想起するのは、あながち無益なこととは言えないだろう。

*

落語に出てくる隠居さんが、子供のころから隠居さんであったのではないように妙好人と呼ばれる人たちも生まれつき妙好人であったわけではない。人一倍、求道の思いが強く、それに比例するように人一倍、内なる悩みは深かった。あちこちの寺へ出かけて三十年、四十年と真剣に聴聞(僧侶の説法を聞くこと)を続けた。その結果に得た信心の世界だから、その生き方や言動は生半可の僧侶よりも何倍も新鮮に印象深く周囲の人たちに影響を与えたのだろうと想像される。

四国に讃岐の庄松(明治四年没、香川県)という妙好人がいて、明治十四年には『庄松ありのままの記』という言行録が刊行されている。これを読むと、妙好人という人たちの信仰がいかに徹底していたかが、よくわかる。

あるとき庄松が同行といっしょに本山にお参りした帰り、乗った船が暴風で難破しそうになった。同行が柏手を打って救いを求め、上を下への大混乱中、庄松一人が船底で大いびきで寝ていた。「同行起きんか九死一生の場合じゃ、大胆にも程がある」と揺り起こしたら庄松は「此処はまだ娑婆か」と言ったというエピソードが記されている。この話など、なんだか同じような記述が『新約聖書』にもあったような気がする。

同じ『庄松ありのままの記』には次のようなエピソードもあった。「石田村の市蔵同行が見舞にきて云へるには、『同行が死んだら墓をたててあげましょ』と云へば、庄松、『己れは石の下には居らぬぞ』と云われた」。「石の下には居らぬぞ」なんて、秋川雅史の歌う「千の風になって」みたいで面白い。もっとも、庄松に「千の風になって」を聴かせたら、「死んでから『千の風』になるんじゃ遅すぎるワイ。己れなど生まれる前から、とっくに『千の風』じゃい」と一喝されるかもしれないが。

＊

そんな妙好人のなかで、わずかばかりの漢字と平仮名だけで昭和七年、八十三歳で亡くなるまでに七千五百篇ほどの行分け信仰詩を書いた人がいる。浅原才市という妙好人で、水上勉の小説『才市』によると、才市は下駄づくりを生業とした人。昼間、鉋屑などに書き付けた詩篇を夜、粗末なノートに清書したのだと言う。発表するつもりのなかったものが戦後、禅者の鈴木大拙らの研究者によって発掘されることとなった。

わしの臨終あなたにとられ
臨終すんで葬式すんで
あとのよろこびなむあみだぶつ。

○

目が変わる世が変わる
ここが極楽に変わる
うれしやなむあみだぶつ。

○

臨終は死なぬが臨終
なむあみだぶつになる臨終。

○

才市が臨終
死ぬる心が死なぬ心にしてもらう

なむあみだぶつにしてもらう。

楠恭著『妙好人を語る』より引用したが、妙好人の信仰が尋常一様でないことの片鱗が見えてくる。ほかにも、仏に「助けてください」と頼むのが信仰でなくて、本当の信仰は仏の方から「助かってください」と言ってくるのだという詩もある。そして自分の人生と言えば、もう「臨終」も「葬式」も済んで、なおかつこの世に生きている。こんな驚くべき世界があり得ることを知るだけでも元気が出てくる。

浅原才市も、だんだん一般に知られてきて、いまでは生地（島根県石見）に記念館も建ち、北原白秋選の「かぜをひくとせきがでる／さいちがご法義のかぜをひいた／念仏のせきがでるでる」という詩を刻んだ記念碑もあるという。禅者の鈴木大拙は「或る意味で云えば、キリストも亦、妙好人の一人である」（岩波書店『鈴木大拙全集』十巻）と大胆なことを言っている。西洋の人が聞いたら目を白黒させるばかりの言葉だが、西洋信仰という固定観念を離れて見れば、「目が変わる世が変わる」ようなことが、いくらでも出てくる。

あとがき

私は平成十一年二月に『十秒間の友だち』という小中学生向けの詩集を出した。大日本図書の創立一一〇年を記念した双書「詩を読もう！」（十二人の詩人による書き下ろし詩集の集成）の中の一冊で、私を除く著名詩人の中にまど・みちおさんも入っていた。私とまどさんとの交流が始まったのはそのころからで、まどさんの最晩年まで詩集のやり取りが続いた。

まどさんから新しい詩集が届くたびに、お礼のしるしとして私は所属誌「ガーネット」に書評を書いた。私が新しい詩集や絵本（『十秒間の友だち』をきっかけに絵本の「文」の原稿依頼が増えた）をお贈りすると、まどさんからは必ず礼状が来た。平成二十六年にまどさんが亡くなると、私はその追悼文を商業詩誌に書いたり、三好達治賞受賞記念講演でも、まどさんの詩の本質をテーマに話したりした。そんなことでこの十五年ほど、まどさんについてあちこちで論ずることが多かったが、それらの文章をまとめて第一部とした。内容の重複を避けるため、まとめるに際して初出の原稿にかなりの割合で手を入れた。

これは前述の記念講演でも話したことだが、まど・みちおという詩人はわが国では非常に珍しい神秘主義詩人と呼べる一人だった。もともと神秘主義は多くの詩人がその詩精神の奥底に無意識にでも抱えているものなのだが、その思いを顕在化させ、あからさまにうたった詩人はまどさんしかいない。わが国の近・現代詩がどのような分類のされ方をしているのか私は詳しくは知らないのだが、とにかくその歴史の中に神秘主義詩という新しい流れを付け加えたいという密かな野望（？）が以前から私にはあった。そのような思いからまどさんについて論じてきたものを今回、一冊にまとめる機会を与えられたことは私にとってこの上ない幸運なことであった。

第二部の「アンイマジナブルということ」は平成二十二年九月から一年間、未來社の月刊PR誌「未来」に同じ総合タイトルのもとに連載したエッセイをまとめたものである。この「アンイマジナブル」という言葉は、文字どおり「人間の知性には想像だにできない」という意味で、私としてはまどさんについて定義した神秘主義と全く同じ意味合いで使っている。文学史の中でも圧倒的少数者の部類なのだが、一生この「アンイマジナブル」に挑戦し続けた詩人として山村暮鳥、宗左近、阪田寛夫などを取り上げた。

特に最終回で取り上げた「妙好人」たちは、この「アンイマジナブル」を言葉で主張するだけでなく、そのもの自体に成りきって自由に純粋に人生を謳歌した天才ばかりだ。こんな人たちが昭和前期まで日本のあちこちにいたということを論じるのは大ゲサのようだが、わが国の精神史を見直すきっかけになるかもしれないという思いもあった。

諸行無常。是生滅法。
生滅滅已。寂滅為楽。

最後にちょっと余談だが、これは大乗経典『涅槃経』にある有名な四句の偈である。私なりに意訳してみると、「この世は常なく寄る辺なく見えるが、それは生きたり滅したりというこの世の一面だけである。本当は生きたり滅したりということ自体、消滅していてどこにもないのである。そのような世界のなんと楽しく、心安らぐことか」となる。これは大乗仏教の真髄をうたったものだが、『方丈記』や『平家物語』が「諸行無常」ばかり持て囃すので、日本人の大半がそれが仏教だと誤解してしまった。肝心の仏教の真髄は三、四句にこめられているのに、そのことをきちんと理解したのは道元や親鸞など、ほんの一握りの天才だけに止まってしまった。死海文書の「ナグ・ハマディ文書」を読むと、西洋の歴史が二千年にわたる原始キリスト教の誤解の上に成り立っていることがよくわかる。それと同じで、わが国の精神・文化史も大乗仏教のとんでもない誤解の上に築かれてきたのではないか。いわゆる「妙好人」の人たちは、一文不知にかかわらず四句の偈の後半の「消滅滅已」「寂滅為楽」を完全に自分のものにしていた。そんな人たちが、ちょっと前までゴロゴロしていたことを思うとゾクゾクしてくる。この人たちの側から日本の精神・文化史を見直してみるのも面白いかもしれない——などと、これもまた夢みたいなことばかり考えている。

【著者略歴】

大橋政人（おおはし・まさひと）

1943 年、群馬県生まれ。1963 年、東京教育大学文学部英文科入学（中退）。

詩集に『ノノヒロ』（紫陽社）、『新隠居論』（詩学社）、『先生のタバコ』（紙鳶社）、『歯をみがく人たち』（ノイエス朝日）、『26 個の風船』（榛名まほろば出版）、『朝の言葉』（思潮社）など。

少年少女詩の分野では個人詩集『十秒間の友だち』（大日本図書）のほか共著本多数。

絵本（文担当）は福音館書店から『いつのまにかの　まほう』（韓国版も）、『みぎあしくんと　ひだりあしくん』（同）、『ちいさなふくちいさなぼく』（中国語版も）、『つかめるかな？』（同）など。

詩集『まどさんへの質問』で第十二回三好達治賞受賞。日本現代詩人会会員。

まど・みちおという詩人の正体

2019年4月25日　初版第1刷発行

定価　本体1800円＋税

著者　大橋政人

発行者　西谷能英

発行所　株式会社 未來社
〒156-0055 東京都世田谷区船橋1-18-9
振替 00170-3-87385　電話 03-6432-6281（代表）
http://www.miraisha.co.jp/　info@miraisha.co.jp

印刷・製本　萩原印刷

ISBN978-4-624-60122-5 C0092

詩人の妻
郷原 宏著

〔高村智恵子ノート〕高村光太郎の妻にして『智恵子抄』のヒロインである智恵子をひとりの女として捉える視点から、二人の関係史を中心にその生涯を追跡する迫真の長篇評伝。

二二〇〇円

東北おんば訳 石川啄木のうた
新井高子編著

東日本大震災を機に、詩人でもある著者が大船渡市の仮設住宅等をまわり、啄木の短歌一〇〇篇を土地ことばに訳すプロジェクトの成果。文字と音声による啄木短歌のリアリティ。

一八〇〇円

東日本大震災以後の海辺を歩く
原田勇男著

〔みちのくからの声〕仙台在住の詩人が、3・11以後の被災地を歩き、見て、現場の声に耳を傾け、大震災のいまだ癒えぬ傷跡と向き合い寄りそう言葉を模索する。写真24点収録。

二〇〇〇円

言振り
高良勉著

〔琉球弧からの詩・文学論〕山之口貘をはじめとする琉球の主要詩人・歌人たちの紹介、批評と評論を中心に、琉球と関係の深い現代詩人や作家を琉球との関係において論評する。

二八〇〇円

日本詞華集
西郷信綱・廣末保・安東次男編

記紀、万葉の古代から近現代に至るまでの秀作を収録。各分野で第一線を走った編者三名の独自の斬新な詩史観が織りなす傑作アンソロジー。西郷氏による復刊「あとがき」を収録。

六八〇〇円

〔消費税別〕